APRIL

Yayın No: 167

1. Baskı: Kasım, 2016
8. Baskı: Ağustos, 2023

ISBN: 978-605-5162-77-1

Yayın Yönetmeni
K. Egemen İPEK

Editör
Alper CANIGÜZ

Son Okuma
Selahattin ÖZPALABIYIKLAR

Kapak Tasarım
TERAPİ

İç Tasarım
Adem ŞENEL

Baskı
Ayrıntı Basımevi
Sertifika No: 49599

Yayın
A.P.R.I.L Yayıncılık
Tarık Zafer Tunaya Sokak
21/3 Gümüşsuyu-Beyoğlu-İSTANBUL
Tel: (00 90) 212 252 94 38
Faks: (00 90) 212 252 94 39
www.aprilyayincilik.com
bilgi@aprilyayincilik.com

SICAK KAFA

Afşin Kum

Afşin Kum

1972 İzmir doğumlu. Boğaziçi Üniversitesi'nde bilgisayar mühendisliği, Bilgi Üniversitesi'nde sinema öğrenimi gördü. Düzenli maaş karşılığı hendeseyle iştigal etmenin yanı sıra; yazmakla, telli çalgıları tıngırdatmakla, yeni diller kurgulamakla ve olmayan ülkelerin haritalarını çizmekle ilgilendi. Afili Filintalar'da ve Ot dergisinde yazı ve hikâyeleri yayınlandı.

Babama...

Televizyonun Karşısındaki Köşe

1

Onu ilk kez, yeni yılın ilk günlerinde, bir akşamüstü gördüm. Günlerce süren kar yağışının ardından güneş açmıştı. Yerdeki beyaz birikintiler güneş ışığını yansıtıyordu, etraf bir film seti gibi ışıl ışıldı ama dondurucu soğuk devam ediyordu. O ise, havaya aldırış etmeden, otobüs durağındaki bankta oturmuş kitap okuyordu. Kıvırcık saçları omuzlarına dökülüyordu. Yüzünde sakin bir hüzün vardı, sarhoş gibiydi biraz. Onu öyle gören, hasta olduğunu düşünebilirdi rahatlıkla. Kulaklıkları yoktu, korkmadan kitap okuyabiliyordu ve haftalardır otobüs geçmeyen durakta otobüs bekliyordu. Oysa ben görür görmez anladım, hiçbiri umurunda değildi. Korkmuyordu. Doğal bir cesareti vardı. Bir yerlerden tanıdık geliyordu. Bana eski bir zamanı hatırlatıyordu, benim eski bir zamanımı. Kopuk kopuk konuşan ve hiçbir şeyi umursamıyor gibi görünen kızlara âşık olduğum zamanları... Aklımdan yapmayı geçirdiğim her şeyi günün birinde mutlaka ve nasıl olsa yapacağıma inandığım zamanları... Şiirin ve müziğin her şeyden önemli olduğunu düşündüğüm zamanları... Ağlayacak gibi oldum.

O sırada, eve gitmek için, havanın kararmasını beklemekteydim ve nasıl vakit geçireceğimi bilmiyordum. Ortalıkta avare gezinir görüntüsü vermek tehlikeliydi. Bu muhitte ve bu havada sokaklarda boş boş dolaşmak hoş görülen bir davranış değildir. Dışarıdaysanız, bir motorlu taşıtın içinde olmalısınız. Dışarıdaysanız ve yürüyorsanız, hedefinize doğru hızlı adımlarla ilerlemelisiniz. Buralarda yürüyüşe çıkılmaz. Artık çıkılmaz.

Bu gibi durumlar için belirlediğim bir rota vardır. Fareyi labirentin ortasındaki peynire ulaştırmaya çalıştığınız bulmacalardaki çözüme benziyor. Tek farkı, orada karmaşık bir yoldan belli bir hedefe doğru gidiyorsunuz, benimkinde ise hedef yok, sadece yol var. Bir kez geçtiğim sokaktan tekrar geçmeyeceğim, sakıncalı yerlere, mesela karantina bölgelerine yaklaşmayacağım, evden çok fazla uzaklaşmayacağım ve her an hızlı adımlarla bir yere doğru yürüyor izlenimi verebileceğim bir yol.

Beni büyüleyen bu muydu acaba? Ben, Murat Siyavuş (38), çaresizlikten yanına sığındığım annemin evine gitmek için, böyle fare gibi kuytulardan bir yol bulmaya çalışırken, onun hiçbir şeyi umursamadan otobüs durağında oturup kitap okuması. Bana, bir zamanlar başka türlü bir dünyada başka türlü bir insan olduğumu hatırlatması.

Bir süre sonra kafasını kaldırdı ve göz göze geldik. Ben göz göze geldiğimizi biraz geç fark etmiş olabilirim, galiba fark ettiğimde en az bir dakikadır birbirimize bakıyorduk. Bir şeyler söylemek istedim ama korkutmaktan çekindim. Korkusuzluğuna toz kondurmaktan çekindim daha doğrusu. Onun gözüne bir abuk gibi görünüyor olmalıydım. Ağzımı açıp onu uğursuz sözcüklerime maruz bırakmak istemiyordum. Ama bakışlarından korkunun veya endişenin esamesi okunmuyordu, hatta biraz şefkatle bakıyordu neredeyse. Gözlerim dolu dolu olduğu için belki.

"Oradan otobüs geçmiyor," dedim.

"Biliyorum," dedi. "O yüzden bekliyorum zaten."

Güldü. Ben de güldüm. Sonra onu orada bıraktım ve kendi yoluma gittim. Bekleyişini gelecek otobüsün bile kesintiye uğratmasını istemeyen birine başka ne denebilir ki!

Bir zamanlar, kendimi bir kadının cazibesine bırakıp o beni nereye savurursa oraya savrulabilirdim. Başka hiçbir şey düşünmeden, çekeceğim ve çektireceğim acıyı umursamadan, belki de öyle bir şeyin hiç farkında olmadan. Şimdi ise arkamı dönüp gidiyorum.

Güzel bir kadının aşkıyla mutlu olunabilir mi? Hayatta böyle bir şey var mı?

Bir karım vardı bir zamanlar, Derya. Yoksa karım değil miydi? Evlenmeye karar vermiştik ama evlenmiş miydik, şimdi hatırlayamıyorum. Ne kadar tuhaf! Sanki benim hayatım değil de gece yarısı televizyonda izlerken uyuyakaldığım bir film.

Mutlu muydum o zaman? Bilmiyorum, hatırlamıyorum. Ama şimdi, böyle bir güzellik beni kendine çekmesi gerekirken, kaçıp uzaklaşma isteği uyandırıyor. Büyük bir hatayı önlemek için. O güzelliği alıp kendime göre yeniden şekillendirmeme, hayalimdeki kalıplara tıkıştırmama, her yerinden bağlayıp boğmama, her açıdan kendime benzetmeme ve onu kendinden nefret eder hale getirmeme; sonuçta o güzelliğin de kaybolup gitmesine, bütün bu korkunç geleceğe engel olmak için. Bunları, sadece acı bir tecrübenin etkisiyle söylediğimi sanmayın. Her bencil erkek, her güzel kadına bunu yapar. O güzelliği ezer ve tüketir, kendisi ve diğerleri için, bir mizah unsuru olmaktan başka bir anlamı kalmayıncaya kadar.

Neden böyle bir suçu işlemeyi göze alayım? Güzel ve gürbüz çocuklarım olsun ve benim olmak dışında hiçbir özelliği olmayan DNA'mı bu sefil gezegene daha fazla yaysınlar diye mi? Bunu yapmaktansa oradan kaçıp gidiyorum işte.

İşin doğrusu, bütün bunların bilincinde olmak şu kahredici gerçeği değiştirmiyor: Çok yalnızım ve acı çekiyorum.

Ne diyeceğinizi biliyorum. İnsanların birbiriyle konuşmaya korktuğu şu zamanlarda hangimiz yalnız değiliz ki! Bilmiyorum, belki öyledir. Belki herkesin yalnızlığı aynı derecede şiddetlidir ve yalnızlıklar karşılaştırılamaz. Ama benim bildiğim bazı şeyler var. Benim yalnızlığımı herkesinkinden daha çözümsüz ve karanlık yapan, başka hiç kimsenin bilmediği şeyler...

Ama bunları anlatmayacağım. Çünkü birine bunları anlatmaktan daha büyük bir kötülük olamaz. Kafamın içindeki bu zehirle yaşamak ve onu herkesten gizli tutmak zorundayım.

İşte bu beni herkesten daha yalnız kılıyor.

Annesiyle yaşayan birinin böyle Kont Drakula havalarına girmesine gülüyorsanız, haklısınız. Evet, yalnız olmam, yalnız yaşadığım anlamına gelmiyor. Annemle ev arkadaşlığı düzeyinde bir ilişkimiz var. Az da olsa emekli maaşından faydalandığımı da eklemeliyim, şu sıralar kendime ait bir gelirim olmadığı için. Ama annem mecbur kalmadıkça benimle konuşmaz. Ona hak veriyorum, zaman içinde benimle ilişkisini minimumda tutmak istemesine yetecek de artacak şeyler yaşandı. Evde bana ayırdığı bir köşe vardır, küçük bir televizyon ve karşısında ayaklıklı koltuğum. Ben orada oturur, bıkmadan, usanmadan televizyon izlerim, o da evin kalanında kendi hayatını yaşar.

Geçici diye başlayıp kalıcı hale gelmeye yüz tutmuş böyle bir düzen kurmuşluğumuz var annemle. Vardı daha doğrusu. Ama birkaç gün önce, ben yokken evi basan ve anladığım kadarıyla annemi de bir parça itip kakan iri kıyım devlet görevlilerinin tatsız ziyaretinden beri, açıkça söylemese de, bu uzayan birlikteliğin bir nihayete ermesini ve başımdaki bela her neyse onunla birlikte oradan uzaklaşmamı gönülden arzuluyor gibi görünüyor.

Sitenin güvenlik görevlileriyle anlaşmam sayesinde, onlar eve ulaşmadan site kapısından girdiklerinin haberini alıp evden uzaklaşabiliyorum. Zamanında güvenlik şefinin kızının bir rehabilitasyon merkezine yerleştirilmesini sağlamıştım, oradan gelen bir itibar söz konusu. Ama bu anlaşma da fazla uzun sürmeyecek sanırım. Bu olay birkaç kez daha tekrarlanırsa, onların haber uçurduğu anlaşılabilir ve bu ihtimalden duydukları rahatsızlığı bana açıkça belirttiler. Ayrıca, şefin kızının o tesiste tutulmaya devam edeceğinin de hiçbir garantisi yok. Yerleştirildiği sırada bunu sağlayacak bir gücüm vardı ama şimdi yok. Şimdiye kadar karantina bölgelerinden birine postalanmadıysa, kimse nereden geldiğini hatırlamadığı içindir.

Tabii güvenlik görevlileri, gelenlerin Sağlık Bakanlığı'ndan, daha doğrusu SMK'dan olduğunu bilseler, böyle bir maceraya kalkışmayacaklarına eminim. SMK'cılar da kim olduklarını söylemezler; protokol gereği, panik yaratmamak için.

Siteye girip çıkarken bunu mümkün olduğunca karanlıkta yapmaya çalışıyorum o zamandan beri, sitenin civarını bir yerlerden gözlüyor olmaları ihtimaline karşı. Zayıf bir önlem ama hiç önlem almamaktan iyidir. Burada kalmaya devam ettiğim sürece daha etkili bir önlem de aklıma gelmiyor.

Velhasıl, Ataşehir'in bu güvenlikli sitesindeki ayaklıklı koltuğumda geçen sükûnet ve televizyon dolu günlerimin sonuna geldim gibi görünüyor.

2

Akşam, eve dönmeden önce, annemin sabah verdiği siparişleri almak için markete uğradım. Her zaman gittiğim, sitenin karşısındakine değil, biraz daha uzaktaki başka bir markete. Ödeme kuyruğunda, önümde yaşlıca bir hanım vardı, bir elinde cüzdan, öbür elinde tek bir soğan. Tam sıra ona geldiğinde bana döndü. Para isteyecek sandım. Hep olur.

"Af edersin evladım, sen mühendis misin?"

"Hayır, değilim," dedim.

Endişeli bir ifade takındı: "İnşallah sürtünme dürtüsünü silindir nefretine kurban etmezsin."

Etmezdim herhalde. Ya da ederdim, bilemiyorum, ama soruyu tezgâhtar kız duymasaydı bir şekilde geçiştirebilirdim. Kulağıma bir abuklama çalındı diye ortalığı ayağa kaldıracak değildim. Ne var ki kız duydu, "Hasta var," diye bağırdı mekanik bir sesle, alarma bastı. Marketin kapıları kapandı. Herkes kulaklıklarını taktı, ben de dahil. Kadıncağız korktu, telaşla anlatmaya başladı. Ama artık kimse onu dinlemiyordu. Belki de anlatma fırsatı olsa, süpermarketin ödeme kuyruğunda arkasındaki kişiyi neden sürtünme dürtüsüyle silindir nefreti arasında bir tercihe zorladığının mantıklı bir açıklamasını yapacaktı. Ama böyle bir açıklama varsa dahi hiçbirimiz merak etmiyorduk. Televizyonda hep dedikleri gibi: "Merakınızı kontrol altına alın. Dinlemeyin. Kulak vermeyin. Kesinlikle riske girmeyin. En küçük bir şüphede yetkililere haber verin. Yetkililer gerekli değerlendirmeyi yaptıktan sonra, zaten her şey ortaya çıkacaktır."

Söylemedikleri şey ise şuydu: Yetkililerin yapacağı bir değerlendirme yoktu. Zamanında bir parça işin içinde olduğumdan biliyorum. Yetkililer o yetkiyi, sahip oldukları özel bir bilgi veya yetenekle değil, birilerine yetki verilmesi gerektiği ve onlar da hasbelkader civarlarda oldukları için edinmişlerdi. Teyzenin abuklamaları karşısında kulaklıklarını kulağına geçirmiş mel mel bakan şu market müşterilerinden daha cin cin bakmayacaklardı. Çünkü teyzenin ne dediğini onlar da dinlemeyecekti. Teyzenin abuklamalarını dinlemeyi onlar için daha güvenli kılan hiçbir şey yoktu. Dinlemeden gerçekten hasta olup olmadığını anlayabilecekleri bir yöntem de yoktu. Belki bir cümle daha söylemesine izin verirlerdi ama şu günlerde onu bile yapacaklarını sanmıyorum.

Bunun böyle işleyeceğini anlamak için işin içinde bulunmaya da gerek yok. Yetkililerin bir abukla sağlıklı bir insanı birbirinden kesin olarak ayırt etmek için, bizim bilmediğimiz bir yöntemi olsaydı, şimdiye kadar bu bilmeceyi çözme konusunda birazcık da olsa aşama göstermeleri beklenirdi. Oysa herkes biliyor ki, bu hastalık hakkında, salgın ilk ortaya çıktığındaki bilgimiz neyse, şimdi de o. Ama söylenen yalana inanmak vicdanlara daha kolay geliyor. Birilerinin konuya hâkim ve olayla ilgileniyor olduğuna inanmak istiyoruz çünkü bizim kendimizden başka bir şeyle ilgilenmeye mecalimiz yok.

Aslına bakarsınız, teyze "af edersin evladım" diye lafa girdiğinde herkes dikkat kesilmişti. Çünkü özellikle süpermarket gibi yüksek güvenlikli yerlerde genelde kimse tanımadığı biriyle konuşmaz. Söylediğiniz normal bir şeyin abuklama olarak algılanması ihtimali göze alınacak gibi değildir. Biri sizi gösterip "hasta var" diye bağırırsa, kendinizi savunma fırsatınız olmaz. Bir anda kendinizi, şanslıysanız rehabilitasyon merkezlerinden birinde, şanssızsanız bir karantina bölgesinin göbeğinde bulabilirsiniz.

Bu teyze, korkarım şanssızdı, çünkü Ataşehir'deydik. Burası soğuk ve gaddar bir mahalleydi. Kimse "o kadını nereye götürüyorsunuz" diye sormazdı. Birkaç saat içinde en yakındaki karantina bölgesine postalanacak ve kalan kısa ömrünü, vahşi hayvanlar gibi, günlük yiyeceğini bulmaya çalışarak geçirecek.

Belki de evden buraya gelirken başını okşayıp hatırını sorduğu bir sokak çocuğundan kapmıştı hastalığı. Yola çıkarken elinde bir alışveriş listesi vardı ama çocukla konuştuktan sonra durumu tekrar değerlendirip tek bir soğanın kâfi geleceğine karar vermişti. Belki onun alışverişten dönmesini bekleyen birileri vardı evde. Bir süre sonra onu aramaya çıkacaklar ama bulamayacaklar. Eskiden olsa önce ailesine haber verilirdi, şimdi kimse bununla uğraşmaz.

Böyle bir manzarayla karşılaştığınızda yüreğinizde hafif bir sızı duyuyorsunuz, kör bir dilenci gördüğünüzdekine benzer bir şey, daha fazla değil. Bundan daha fazla acı duymaya gücünüz yok. Zavallı teyze, karantina bölgesine atıldığı sırada çoktan aklımdan çıkmış olacak.

Silindir nefreti mi?

Neyse, boş ver.

Hava iyice karardıktan sonra, çöplerin dışarı çıkarıldığı sırada sitenin bu iş için açılmış yan kapısından içeri süzüldüm. Güvenlik görevlisi arkadaşım Sezgin beni içeri aldı. Sezgin de ne tuhaf isimdir, bazı şeyleri sezme yeteneği olan falan gibi bir anlama mı geliyor acaba? Güvenlikçi Sezgin'de pek öyle bir yetenek varmış gibi görünmüyor. Böylesi daha iyi tabii benim açımdan. Yalnız bu kıyağa karşı bir bahşiş beklentisi olduğunu sezdiriyor (belki sahip olduğu, sezdirme yeteneğidir). Müteşekkirim, borçlandım, bu iyiliği unutmayacağım gibi sözlerle ertelemeye çalışıyorum, para açısından son derece darda olduğumu açıkça söylemesem de anlayacaklarını umuyorum.

Ben geldikten birkaç saat sonra; annem, evin basılmasından beri ilk kez, bana bir şey söylemek için yanıma geldi.

"Murat, Behzat'ı hatırlarsın, Makbule Hanım'ın oğlu. Siz Özgür'le SMK'dayken ona bir tedavi uygulamıştınız."

"Evet, tabii."

"Şu anda çocuk biraz kötü bir durumda. Osmanlıcaya mı takmış ne, tam anlamadım. Onu bir ziyaret etmemizi istiyor."

"Ben ne yapabilirim ki? Artık kurumla ilişkim kalmadı. Özgür ona birkaç ilaç vermişti ama..."

"Özgür'den haber yok mu?"

"Yok. Epeydir ulaşamıyorum ona. Belki Fındıkzade'ye gitsem, eski evinin oralara, tanıyan birine rastlasam falan, bulabilirim. Ama onu bulsak bile pek hayrı dokunacağını sanmam. Biliyorsun madde kullanımı problemi de vardı."

"Evet, biliyorum."

"Yani Behzat Abi için bir şey yapabileceğimizi sanmıyorum. Ben işin tıbbi kısmından pek anlamıyorum zaten."

"Ben de öyle söyledim ama ısrar etti, cuma akşamı bizi bekliyor." Bu bir rica değil, der gibi bir tonda vurguladı son cümleyi.

Hastalık hakkında ortalamanın üzerinde bir fikre sahip olduğum bilgisinin yayılmaması için elimden geldiğince dikkat etmeye çalıştım bugüne kadar. Çünkü insanlar beni bir kez amansız dertlerinin dermanı sanmaya başlarsa bir daha yakamı kurtarmam çok zor. Dahası, peşime düşmüş bulunan gorillerin beni enseleyip aynı kâbusun içine çekmeleri de an meselesi olur. Annemin de şimdiye kadar bu konuda beni zor durumda bırakmışlığı pek yoktu, beni komşu-eş-dostla bu tarz ilişkilere girmekten koruyordu. Makbule Hanım'ın bu talebini de uzunca bir süredir erteliyor olmalıydı. Ancak son gelişmeler ışığında beni bu işe koşmaya karar vermiş; ya kısa bir süre sonra evden ayrılacağımı düşündüğü için, ya da kendisine dolaylı olarak verdiğim rahatsızlığın karşılığını komşusuna yardım ederek vermemi uygun gördüğü için.

Tabii Makbule Hanım; benim, şimdilerde sırra kadem basmış olan arkadaşım Özgür'le birlikte, eskiden büyük bir heyecanla hastalığa çare bulmaya çalıştığımızı gayet iyi biliyor, çünkü Özgür işe yarayacağını umduğu ilk kimyasal paketlerden birini, Behzat üzerinde denemişti.

Özgür'ün, nörolojinin üzerine farmakoloji uzmanlığı yapmaya karar vermesindeki temel etken, ideal uyuşturucuyu icat etme arzusuydu başlangıçta. Ama salgın patlak verince, bu uzmanlığı beklenmedik bir değer kazandı. Hastalığa ilaç bulmaya çalışan uluslararası bir ekibe katıldı. Beynin belli bölümlerini ya da fonksiyonlarını bloke ederek, hastalığın beyni nasıl etkilediğini anlamaya çalışıyorlardı. Asıl sorun, hastalığın fizyolojik ya da hormonal düzlemde kendini belli etmemesiydi. Abuklamanın arkasındaki beyin aktivitesi normaldekinden ayırt edilemiyordu. O yüzden deneme-yanılmaya bel bağlanmıştı. Belli bir sistem içinde bir dizi madde deneniyordu. Özgür manyak gibi çalışıyor, yaptığı ilaçları bulduğu hastalar üzerinde deniyor ve kendisi de bir yandan damarına envai çeşit madde basıyordu. Sonunda her şeyi birbirine karıştırmaya başladı. Belki de çözüme yaklaşmıştı ama bunu fark edemeyecek kadar dağıtmıştı.

Tabii bunlar çok daha sonraydı. Behzat'ı tedavi etmeye çalıştığı sıralarda nispeten kontrollüydü. Behzat önce normale döner gibi oldu. Daha ağır ve sakin konuşuyordu, söyledikleri arasında abuklama diyebileceğimiz ifadeler olsa da, bazı sorulara anlamlı cevaplar verebiliyordu. Sonra tamamen sustu.

Sağlıklı zamanlarında, sohbetine doyum olmayan birikimli ve esprili bir adamdı Behzat. Birçok şeyle ilgilenirdi. Klasik Türk müziği konusunda uzman sayılırdı. Tarih ve siyaset konularında çok okurdu. Küçük anekdotlar anlatmayı severdi. Aniden kalkıp gidişlerini hatırlıyorum. Sohbeti şık ve ahenkli bir cümleyle bitirir ve son noktayı koyar koymaz ayağa fırlar, "Haydi eyvallah," der, çekip giderdi. Öyle bir giderdi ki, onun üstüne "Aaa, niye gidiyorsun, ne güzel oturuyorduk!" gibi laflarla o gidişin fiyakasını bozmaya kıyamazdınız.

Şimdi ise yüzünden en ufak bir anlam okunmaksızın, boş gözlerle boşluğa bakıyor. En azından ben bıraktığımda öyleydi. Makbule Hanım da en azından o haline dönmesini istiyordur büyük ihtimal, iyileşmesi yönünde herhangi bir umudunun kaldığını sanmam.

3

Gecenin kalanını televizyon izleyerek geçirdim. Bunlar, televizyonumla geçireceğim son mutlu zamanlar olabilirdi, o yüzden daha bir sevgiyle baktım televizyonuma.

Televizyon... İnsanlığın bu kadar büyük başka bir icadı olmuş mudur acaba? Belki tarım. Tamam, birinciliği tarıma vermek lazım ama televizyon ikinci sırayı zorlar bence. Elektriği ise sonunda televizyona ulaşmak için gerekli bir ara aşama olarak görüyorum ancak.

Ataşehir'de, annemin evinde, günlerim ve gecelerim televizyon izlemekle geçiyor. Zaten yapacak pek başka bir şey de yok. İnternet geçici olarak kapalı (bu kadar yıldır devam eden duruma ne kadar geçici denebilirse). Kitap falan da okuyamam, benim için fazla riskli. Zaten artık pek kitap okunmuyor. Hastalığın kitaplardan çıktığına dair söylenti bir ara o kadar yayıldı ki, herkes kitapları bir kenara bıraktı. Ben o söylentiye itibar etmiyorum gerçi, benim derdim farklı. Bir rahatsızlığım var, çok ağır bir şey değil ama bazen bayağı can sıkıcı olabiliyor. Bir tür kronik parsiyal hipertermi... Kitap okuma gibi aklı beklenmedik şekillerde çalışmaya teşvik eden şeylerle tetiklenebiliyor, düşünce zincirinin sonsuz döngüye girmesi gibi bir şey oluyor, sonra ateş yükselmeye başlıyor, müdahale edilmezse hastanelik olmaya kadar gidebiliyor. Hiç hoş bir şey değil ama durumu bilir ve tetikleyen şeylerden kaçınırsan bir ölçüde normal bir hayat sürdürebiliyorsun. Fazla düşünmemeye çalışıyorsun, özellikle çelişkiler, paradokslar, dilemmalar falan üzerine düşünmüyorsun. Onlar üzerine düşünmeyi başkalarına bırakıyorsun. Aslına bakarsanız, o kadar da korkunç değil, insanların büyük çoğunluğu, zaten, herhangi bir hastalığı olmadığı halde, tam da bu şekilde yaşıyor.

Televizyon, işte bu arzuladığım hayatı sunuyor bana. Beni yavaşlatılmış halde hayatta tutuyor, aklıma daha iyi bir fikir gelene kadar.

Televizyonda genelde haber-tartışma programları var. Eski film veya diziler de gösteriliyor bazen ama hiçbir ilginçlikleri yok. Başka bir dünyada geçiyorlar, artık kimseye inandırıcı gelmeyen hikâyeler anlatıyorlar.

O yüzden favorim tartışma programları. Biri bitiyor, biri başlıyor. Aynı anda farklı kanallarda birden çok tartışma programı oluyor, mutlaka en az bir tanesi de ARDS salgını üzerine. Ne yapılabilir? Yapılanlar yeterli mi? En ufak bir gelişme sağlandı mı? İyiye mi gidiyoruz? Her şey bizim bildiğimizden farklı mı? En popüler soru da bu sonuncusu. Komplo teorilerinin ardı arkası kesilmiyor.

Ulusalcılar için: Hastalık aslında Amerikalıların (ya da İsraillilerin) geliştirdiği bir memetik silahtı, sonra kontrolden çıktı.

Anarşistler için: Aslında böyle bir hastalık yok, hiç olmadı, hepimize hasta muamelesi yaparak isyankâr ruhumuzu boğmak için planlanmış her şey.

Romantikler için: Aslında biz karantina bölgesindeyiz, hasta olan bizleriz ama kendimizi sağlıklı sanıyoruz, televizyon da bizi buna inandırıyor.

En gözdesi de, kapıcıdan manava kadar herkesten duyacağınız şey, aslında hastalığın çaresinin bulunduğu ama devletin bunu gizlediği. Çünkü salgın devam ettiği sürece herkesi daha kolay kontrol altında tutabiliyorlar. Normal şartlarda kontrol edilemez bir kapıcıyla ve ele avuca sığmaz bir manavdan öğreniyorsunuz bunları. İnansam mı? Ne fark eder?

Bu tartışma programlarından dişe dokunur bir sonuç veya çözüm çıkacağı için değil, gündemden kopmamak için dinliyorsunuz çoğu zaman. Ülkenin ve dünyanın gidişi ile ilgili güncel bilgi almak önemli. Çünkü şu anda içinde yaşadığınız gündelik düzen birkaç gün içinde tepetaklak olabilir ve bununla ilgili önceden haber almak hayati önem taşıyabilir. Mesela Küçükbakkalköy'ün karantina bölgesi ilan edildiğini televizyondan öğrenip, geçeceğimiz yolları ona göre belirlemeseydik, yanlışlıkla içine düşebilirdik. Önümüzdeki hafta hayatımızda nelerin aynı kalacağını, nelerin değişeceğini önceden bilmek gerekiyor. Televizyon izlemek, sadece bir vakit geçirme eylemi değil, aynı zamanda bir görev. En azından, annem böyle olduğuna yürekten inanıyor ve evde bu önemli görevi ben üstlenmiş durumdayım.

Salgın üzerine bir tartışma programı bulmam on saniyemi bile almıyor.

Hareket Partisi'nden bir milletvekili konuşuyor: "*Biz neden şehirlerimizin koca koca bölgelerini karantina bölgesi diye ayırıyoruz, bir de oralara yiyecek götürerek resmen hastalığı besliyoruz?*" Evet, doğru, neden? "*Bu hastalık milletimizin başına sarılmış bir beladır.*" Evet, sadece bizim milletimizin değil tabii ama bu da doğru. "*Biz artık bu hastalığa karşı tıbbi araştırmalardan medet umamayız. Artık hümanist yaklaşımlarla bir yere varamayız.*" Aynen katılıyorum. "*Milletimizin düşmanlarını sevindirmekten başka bir işe yaramaz bu.*" Bu, milletimizin düşmanları zırvasına da prim verdiğimi söyleyemeyeceğim ama bunun için milletvekilimi kıracak değilim, o öyle diyorsa öyledir. "*Ben Anadolu'nun her yerini dolaşıyorum, milletimizle konuşuyorum, diyorlar ki 'benim de annem hasta, kardeşim hasta, oğlum hasta ama bu milletin kurtuluşu için feda olsun' diyorlar.*"

Bunun üzerine soru geliyor: "*Yani siz bütün hastaları imha edelim mi diyorsunuz?*" "*Hayır, öyle bir şey demiyorum*" diyor ama aslında onu demek istiyor.

Bu görüş, şimdi aşırı kabul ediliyor, çünkü hâlâ eşi, dostu, çocuğu, annesi, babası hasta olan ve onların bir şekilde iyileşeceklerine dair umut besleyen bir kitle var. Ama bana öyle geliyor ki, yakın gelecekte, tüm umutlar tükendiğinde, Nazilerden alıntılanan ve son zamanlarda popülerleşen adıyla "nihai çözüm" çoğunluk tarafından destek bulacak ve uygulamaya konacak.

O zaman geldiğinde, buna karşı çıkanlardan birisi mi olacağım? Emin değilim. Aslında şu anda uygulamaya konsa itiraz edeceğimden de emin değilim. İşin doğrusu, bu meseleye akılcı, barışçıl ve karmaşık bir çözüm bulmak için uğraştık ama olmadı. Basit ve sert çözümü denemenin zamanı geliyor. Hatta geçiyor bile olabilir, çünkü, belki de şimdi uygulanmazsa çok geç kalınmış olacak.

Demokrasi, insan hakları, hümanizm, müzakere, diplomasi, bunların hepsinin gelip dayandığı bir sınır vardır. Sınırın bir tarafında iletişim mümkündür, diğer tarafında değildir. İletişim mümkün olmadığında bunların hiçbiri olmaz. Bu hastalık yapısı gereği iletişimi imkânsız hale getiriyor. Dolayısıyla düşünecek fazla bir şey yok aslında.

Bu noktaya varmak için önce şunu kabullenmek gerekiyor: İnsan dediğiniz şey, sizin sandığınız kadar değerli bir şey değildir. Yenileri çok kolay yapılıyor. Siz kendi yavrunuzu en seçkin bireylerden olsun diye el üstünde tutarsınız, kişiliği zedelenmesin diye dünyanın hışmından canla başla korursunuz. Binlerce şey öğretirsiniz, insanlık tarihinden atomaltı parçacıklara. Sosyal olsun, zeki olsun, bilgili olsun, vicdanlı olsun dersiniz. Sonra bir kulağından birkaç cümle girer ve onu hayvan benzeri bir şeye çeviriverir. Değerli yavrunuz, artık dünyanın sırtında bir yükten başka bir şey değil. En baştan onun o kadar değerli olduğuna inanmasaydınız daha iyi değil miydi?

Belki de öyle değildir, bilmiyorum. Belki televizyonda izlediklerimden fazla etkileniyorum. Sorun değil, bana kimse bir şey sormuyor zaten.

Behzat Abi'nin Bağımsızlık Arzusu

4

Evden çıkmadan ve zorunlu fiziksel ihtiyaçlar dışında televizyonun başından ayrılmadan geçen birkaç günden sonra, annemle birlikte Makbule Hanımlara gittik. Aynı sitede başka bir apartmanda oturuyorlar. Dairelerden çoğu boş, salgın ilk vurduğunda o apartmandan sağlam çıkan olmamıştı. Makbule Hanım, Akçay'da yaşıyordu o zamanlar. Behzat hastalanınca onunla ilgilenmek için buraya yerleşti.

Makbule Hanımların iki kat üstünde, şimdi annemle oturduğumuz evin sahibi oturuyordu eskiden. Kibar bir adamdı Halil Bey, karısı da öyle. İki de çocukları vardı okul çağında. Bizimle sessizce selamlaşır, pek konuşmazdı. Ev sahibimiz olmaktan utanır gibi bir hali vardı. İnternetten ödeniyordu kirası. İnternet kapatıldığında, annem birkaç kez elden vermiş. En son beni göndermişti evlerine kirayı vermek için, galiba annemin yanına yeni taşındığım zamanlardı. Geldim, zili çaldım, kapı açılmadı. Tam oradan ayrılacakken kapının açık olduğunu fark ettim. İttim, içeri girdim. "Halil Bey," diye seslendim birkaç kere, cevap gelmedi. Ağır bir koku vardı içeride. Odaları dolaştım, kimse yoktu. Mutfağa baktım en son. Geniş bir mutfaktı, ortasında yemek masası. Sofra kuruluydu, çatallar, kaşıklar, bardaklar ve içi çorba dolu dört tane kâse... Yemekler bozulmuştu, koku buradan geliyordu. Anlaması zordu. Yemek yemek için oturmuşlar, çorbaları kâselere koymuşlar; sonra, nasıl olduysa, ani bir kararla evi terk etmeye karar vermişler. Yemekleri döktüm. Tabakları yıkadım. Çöpü dışarı çıkardım. Geri dönerlerse tekrar girebilsinler diye kapıyı bulduğum gibi bıraktım. Birkaç gün sonra tekrar uğradım, gelen giden yoktu. Sonra bir veya iki kere daha gittim, bir daha da gitmedim. Halil Bey ve ailesi ortadan kaybolmuştu. Bizim için iyi tarafı, artık kira vermemiz gerekmiyordu. Annem hâlâ günün birinde ortaya çıkıp birikmiş kiraları talep edeceklerinden korkuyor ama öyle bir şey olacağını sanmam.

Makbule Hanım açtı kapıyı. Güler yüzlü bir kadın, şu dertli halinde bile gülümseyebiliyor. Önce annemi sonra beni öptü.

"Ateşin mi var senin? Yanakların sıcak sıcak," dedi.

"Yok. Belki biraz..."

"Ellerin buz gibi ama?"

"Evet, hep öyledir."

Makbule Hanım'a daha fazla açıklama yapmak zorunda kalmamak için kıvrandım bir süre. Neyse ki çok üstelemedi. İçeri geçtik.

Behzat, bir koltukta oturuyordu. Sırtı dikti, arkasına yaslanmamıştı. Taştan bir heykel gibiydi. Başımla hafifçe selamladım. Başını ve boynunu hareket ettirmeden, biz annemle birer koltuğa yerleşene kadar gözleriyle bizi takip etti. Sonra gözlerini yeniden meçhule çevirdi ve öyle kaldı.

Evde öyle ağır bir hava vardı ki insanın havadan sudan konuşmak için bile ağzını açası gelmiyordu.

Makbule Hanım çayı hazırlamıştı. Kuru pastalarımızla çaylarımızdan ilk yudumlarımızı alır almaz konuya girdi.

"Muratçığım, biliyorsun Behzat yıllardır sessiz oturuyor. İyileşsin diye çok uğraştınız, sen ve arkadaşın... eee..."

"Özgür."

"Evet, Özgür. Ama sonra sizin başınıza da işler geldi. Olmadı. Buna da şükür diyorum, en azından hayatta, bizimle birlikte." Çayından bir yudum aldı. "Ama son zamanlarda bir haller geldi. Durup dururken bir kelimeyi var gücüyle bağırıyor. Sonra yine susuyor. Hep eski kelimeler, Osmanlıca kelimeler... Başta umutlandım, acaba bu bir gelişme mi diye. Ama başka bir şey olmadı. Üstelik durum daha kötüye gitti, giderek daha yüksek sesle bağırıyor."

"Anlamlı kelimeler mi peki? Yani o sırada konuşulan şeyle ilgili mi, bir şeyler demek istiyor gibi mi geldi size?"

"Yok yavrum, rastgele. Alakasız. Mesela geçen gün, hepimiz yatmıştık, gecenin üçünde İSTİKLAL diye yeri göğü inletti. Komşular uyandı, kapıyı çaldılar. Yok bir şey, dedim, kötü bir rüya görmüş falan dedim, geçiştirdim. Ama insanları biliyorsun, bu salgın yüzünden herkes bir tuhaf oldu. Birisi ihbar edecek, oğlumu alıp götürecekler diye ödüm patlıyor. Öyle şiddetli bağırıyor ki, o sesi nasıl çıkarıyor anlamıyorum."

Ağlamaklı oldu. Toparladı kendini hemen, bir yudum daha aldı çayından.

"Önceden dışarı, yürüyüşe çıkarırdık bazen. Behzat'a iyi gelirdi o. Bir şey demezdi tabii ama hissederdim, biraz hava alır, rahatlardı. Şimdi onu da yapamıyorum. Dışarıda bir yerde böyle bağırırsa nasıl kurtaracağım? Hemen yaka-paça götürürler."

"Vallahi ne yapabilirim, bilmiyorum. Malumunuz, ben konunun tıbbi tarafına biraz uzağım. Yine birkaç ilaç önerebilirim ama işe yarayacağının garantisi yok. Daha kötü de yapabilir."

"Oğlum, doktora falan götüremiyorum, biliyorsun. Sen de böyle diyorsan..." dedi sesi titreyerek.

Sessizce ağlamaya başladı. Duygu sömürüsüne bağlamıştı umudunu.

"Özgür'e de ulaşamıyorum. Annem söylemiş galiba."

"Evet, evet, biliyorum."

Özgür'ün nerede ve ne durumda olduğunu bilmiyordum ama en azından hastalığı kapmadığından emin gibiydim, bunun için fazla akıllıydı. O yüzden, şimdiye kadar aşırı dozdan veya pislikten ölmediyse, onu bulduğumda en azından aklen sağlıklı olacağını biliyordum. Bir ihtimal, küçük bir ihtimal, Behzat'a ve bu batasıca dünyaya faydası dokunabilirdi. Ayrıca eninde sonunda evden ayrılmam gerekecekti ve sonrasında, Özgür'ü bulmaya çalışmaktan daha anlamlı bir uğraş gelmiyordu aklıma.

Makbule Hanım'a böyle bir umut vermek istemiyordum. Daha doğrusu herhangi bir şey için harekete geçmek istemiyordum. Tek arzum, rahatsız edilmeden, annemin evinin bana ayrılan köşesinde, televizyonun karşısındaki hayatıma devam etmekti. Ama rahatsız edilmiştim bir kere. SMK ajanları peşimdeydi ve burada kalmaya devam edersem beni enseleyecekleri kesindi.

Tatsız bir sessizlik içinde oturduk. Diyebileceğim bir şey yoktu. Kimsenin diyebileceği bir şey yoktu. Bir kişi hariç: Behzat.

Herif, "MÜS-TEM-LE-KE" diye öyle bir haykırdı ki, yüreğim ağzıma geldi demek yetersiz kalır, yüreğim ağzımdan fırladı, karşıki duvara yapıştı. Makbule Hanım "Hay Allah!" diye ayağa kalktı, kapı deliğinden baktı. Komşulardan duyan oldu mu, kapıya dayanacaklar mı, diye telaşlanmıştı. Komşulardan duyan olmaması mümkün değildi, hatta buradan Kozyatağı'na kadar, işitme yetisine sahip olup da bu sesi duymayan bir canlı olacağını sanmıyorum. Kalbimin atışı normale döndüğünde camlar hâlâ zangırdıyordu. Annem fenalık geçiriyordu, bir yerlerden kolonya bulup ellerine, boynuna falan sürdüm.

Birazdan sakinleşip yerlerimize oturduk. Makbule Hanım kendini tutmayı bırakmıştı, hüngür hüngür ağlıyordu. Annem rahatsızdı, bir an önce gitmek arzusunda olduğu belliydi. Behzat'a baktım, hiçbir şey olmamış gibi, aynı balıksı ifadeyle bakıyordu.

Kapının anahtarla açıldığını duyduk.

"Arif geldi," dedi Makbule Hanım, "Behzat'ın oğlu, hatırlarsınız."

İçeri bir delikanlı girdi, bizi selamladı. Behzat'ın oğlu Arif. Adını Hacı Arif Bey'den alan Arif. Nasıl bu kadar büyüdü? O kadar zaman nasıl geçti? Ben tam olarak ne kadar zamandır televizyonun karşısında oturuyorum?

"Duydun mu?" diye sordu Makbule Hanım.

"Duydum."

"Neredeydin?"

"Aşağıdaki parkın orada."

"Oraya kadar geldi ses demek ha!"

"Geldi tabii. 'Müstemleke' dedi değil mi?"

"Evet."

"Bayağı şiddetliydi bu sefer. Geçen günkü 'hâlet-i ruhiye' de sağlamdı ama bu hepsini geçti."

Umursamaz görünmeye çalışıyordu, ya da gerçekten umursamıyordu. Neşeli bir hali vardı. Annemi öptü yanaklarından, "Hoş geldiniz," dedi. Benimle tokalaştı sadece. Babasına göz kırptı, "N'aber baba?" dedi. Behzat, bir yere oturana kadar gözleriyle Arif'i takip etti, sonra yine hava moleküllerine çevirdi bakışlarını.

İlkokula mı gidiyordu o zaman? Birkaç kere görmüştük ama galiba çocuğu babasının abuklamasından uzak tutmaya çalışıyorlardı, pek ortalarda değildi çünkü.

"Tamam babaanne, ağlama artık," dedi. Bana baktı, gülümsedi. Bir şeyler sormasını bekledim, sormadı. Benden bir bok çıkmayacağını biliyordu, bakışlarından anlaşılıyordu. Haklıydı. Behzat için yapılacak en iyi şey, onu götürüp bir karantina bölgesine bırakmaktı. Böylece içinde zincirlenmiş halde duran Osmanlı canavarı serbest kalabilecekti. Hiç kuşkusuz oradakilerle bizimle olduğundan daha iyi anlaşacaktı. Makbule Hanım umudunu kesmemişti ama ne beklenebilirdi ki! Özgür'ü bulsam dahi bu Osmanlıca zımbırtısının ona doğru tedaviyi bulmak için nasıl bir yol gösterebileceğini kestiremiyordum. Açıkçası Özgür zekâsının ve yaratıcılığının doruğunda olsa bile Behzat'ın iğfal edilmiş beynine merhem olması mucize sayılırdı.

Arif durumun farkındaydı. Bana bakışında bir hor görme, ya da ona yakın bir şey vardı. Onun gözünde nasıl bir şeydim ben acaba? Benden yıllar sonra dünyaya gelmiş ve benim çocukluğumda tanıdığımdan çok farklı bir dünya tanımıştı. Ona göre eski dünyanın sefil bir kalıntısıydım herhalde. Bir zamanlar önemli şeyler yapmış, ya da yapabileceğine dair umut vermiş, ama çoktan tükenmiş, aldığı darbelerle kum torbasında dönmüş bir zavallı... Şimdiden ölümü beklemeye başlamış bir ev kuşu, bir kanepe hayvancığı, bir kumral kalorifer böceği...

Birden tuhaf bir enerji geldi.

"Öte yandan," dedim, boğazımı temizledim, şöyle bir odadakilere baktım. Hangi konuya devam etmek niyetiyle lafa girdiğimi anlamış görünmüyordu hiçbiri. "Özgür'ü benim de bulmam gerekiyor. Şey için... Başka bir iş için. Biraz zor ama onu tanıyan birilerine ulaşırsam bulabilirim diye düşünüyorum. Birkaç gün içinde o tarafa giderim ve eğer Behzat Abi'nin durumuyla ilgili yapabileceği bir şey varsa yapmasını sağlarım. Tabii hiçbir şey çıkmayabilir de. Ama şu anda elimizden gelen en iyi şey bu."

Annem bu beyanatımı abartısız bir hayret ifadesiyle izledikten sonra önüne döndü. Memnun olmuştu.

"Sağ ol yavrum," dedi Makbule Hanım, burnunu çekti. Arif de gülümsedi, anlayışlı bir şekilde başını salladı. Benim babasının derdine deva olabileceğime dair beklentisinde herhangi bir yükseliş göze çarpmıyordu ama çabamı takdir ediyordu belli ki. Ukala velet!

Lâkin, bu o kadar kolay bir yolculuk olmayacak. Kozyatağı metro istasyonuna girdikten sonrası nispeten kolay. Ama evimizle Kozyatağı metrosu arasında bir karantina bölgesi var. Onun içinden metroya ulaşan yüksek güvenlikli koridordan geçmek gerekecek. Karantina bölgelerinin sınırları son derece gergin yerlerdir, silahlı güvenlikler falan olur etrafta. İçlerinden geçen koridorlar bir kat daha gergindir. Her an bir karışıklık çıkabilir. Hastalar için karantina bölgesinin içinde ya da dışında olmak pek fark etmiyor ama hastalığa yakalanmadıkları halde kendini karantina bölgesinin içinde bulanlar bayağı sinirli olabiliyorlar ve kendilerini oradan dışarı atmak için her yolu deniyorlar. Bir sınır ihlali ve ardından çıkan kargaşa esnasında civardaysan, sınır ihlali öncesinde sınırın hangi tarafında olduğunu kanıtlamakta zorlanabilirsin.

Dahası koridordan geçerken ve metroya girerken kimlik kontrolü olması muhtemel. Normalde güvenli alanların içindeki metro istasyonlarında olmaz ama burası karantina bölgesinin hemen bitişiğinde. Kimlik kontrolü varsa, o noktada Salgınla Mücadele Kurumu'ndan memurlar bulunması da gayet mümkün, ki bu, aynı zamanda beni yakalayıp deney faresine dönüştürmek isteyen kurum. Oradan geçmeye çalışmak, bir anlamda, gidip kendi ayaklarımla heriflere teslim olmak demek.

Bir başka seçenek, metroya güvenli alanın daha iç kısmında başka bir istasyondan girmeye çalışmak. Yenisahra istasyonu iyi bir seçenek olabilir, çok yakınında karantina bölgesi yok bildiğim kadarıyla. Tabii güvenli alan derken, hastalığın önü alınamaz şekilde yayıldığı yerler dışında kalan alanlardan bahsediyorum. Ama hastalığın kontrol altında olması, o alanların başka açılardan güvenli olduğunu göstermiyor. Bazı mahallelerde hastalıktan veya SMK'dan ziyade, organlarınızın çalınması daha büyük bir risk oluşturabilir. Doğrusu, iyi bilmediğim sefil mahallelerden geçmektense, Kozyatağı metrosunu denemek bana daha mantıklı geliyor.

5

Sonraki birkaç gün annemle uzun yıllardır görülmemiş bir uyum içindeydik. Gideceğime sevindiğini gizlemiyordu. Bunu benim iyiliğim için istediğini söylüyordu. Biraz daha hayata karışmalıydım, üzerimdeki hımbıllığı atmalıydım. Belki de haklıydı, ama konuşmasında, tavırlarında öyle bir soğukluk, daha doğrusu sevgisizlik vardı ki, gerçekten benim geleceğimle ilgili endişe duyduğuna inanasım gelmiyordu.

İnsan ne zaman kendi oğlunu sevmekten vazgeçer?

Bunu anlamak için, herhalde temel evrim bilgimize başvurmaktan başka yapacak bir şey yok. İnsan, oğlunu, esas olarak torununun babası olacağı için sever. Torununu da torununun çocuğunun babası veya annesi olacağı için. Böyle gider.

Ben de bir zamanlar onun torununun babası olacağım konusunda umut veriyordum. Bunun için ilk önemli adımı atmıştım, Derya'yla evlenmiştim. Evlenmediysem de evlenmeye karar vermiştim. Ama o kendini öldürdü. Bunu amaçlamamıştı. Bir şekilde, kendini parçalarına ayırıp, eskisinden çok daha güzel bir şekilde bir araya getirebileceği gibi bir fikre kapıldı. Ya da benim şimdi anlayamadığım ve anlamak istemediğim başka bir fikre kapıldı, bilemiyorum. Projenin ilk kısmını başarıyla yerine getirdi ama tekrar bir araya getirme kısmını uygulamaya fırsat bulamadı.

Bu hissi bilirim. Vücut dediğiniz şey size bir tür hapishane gibi gelmeye başlar. Hapishane de değil, nasıl desem, vücudun tamamı, ruhu çok sıkı saran bir dik yakalı kazağa dönüşür. Yırtmak için dayanılmaz bir istek duymaya başlarsınız. Siz bu hissi bilmezsiniz. Ben bilirim.

O zamandan beri başka bir kadın girmedi hayatıma. Bunları bir terapiste anlatsam; Derya'nın ölümünden, dolaylı da olsa, kendimi sorumlu tuttuğumu ve bu yüzden başka hiçbir kadına yaklaşmayarak kendimi cezalandırdığımı söyleyebilir. Belki de öyledir, bilmiyorum. Ama doğrusu, anne-babasına bir torun verme arzusundaki bir kadının da, çok umutsuz olmadığı sürece, bana yaklaşmayı aklından geçireceğini pek sanmıyorum. Bütün hayatını, İsveç malı Lappgött marka ayaklıklı koltuğunun üstünde geçiren bir erkek olarak, yeni nesli yetiştirme konusunda çok umut vermediğimin farkındayım.

Annem, bende artık torununun babası olma potansiyeli kalmadığına kanaat getirdiği için mi beni sevmekten vazgeçmiştir? Yoksa, iyice yaşlandığında ona bakacağıma dair umudunu kaybettiği için mi? Muhtemelen ikisi birden.

İnsan böyle şeylere düşünerek karar vermez tabii. İçgüdüleriniz bunu, sizin düşünmenize gerek kalmadan halleder.

Küçüklüğümde, sevgi denen şeyin, temelde bir kişisel yarar beklentisi olduğunu keşfetmiştim ve bu bende büyük hayal kırıklığı yaratmıştı. Dolaysız görünen sevgiler bile, yeterince kötü niyetliyseniz, bir çıkar hesabıyla ilişkilendirilebiliyordu. Sonradan, bu duyguyu insanın dolaysızca ve hesapsızca hissettiği ve bunun altında içgüdüsel bir yarar beklentisi olsa dahi, insanın bunu hesaplayarak sevgi davranışı göstermediği kanaatine vardım. Birini seveceğimize karar vermek için bu hesapları yapmıyoruz. Sevgiyi, nedenlerinden ve gerekçelerinden bağımsız değerlendirmek durumundayız, çünkü sevgiye gerekçe bulmaya çalışmak, bizi yanlış yerlere götürebilir. Bu gerekçelerin bulunabilir olması, sevginin samimiyetinden ve güzelliğinden bir şey götürmez.

Yolun yarısını geçtiğim şu zamanlarda, çocukluğumdaki pozisyonuma geri dönmüş bulunuyorum. Tek farkı, artık bu bende hayal kırıklığı değil rahatlama yaratıyor. Artık, vicdan azabı çekmeden, gönül rahatlığıyla, birini sevmeyebilirim.

Eğer vicdanım, birine istemeden yaptığım bir kötülük ya da yapmayı esirgediğim bir iyilik yüzünden sızlıyorsa, beni vicdansızlara karşı zayıf kılıyor demektir. Eğer sevginin dolaysız olduğunu kabul ediyorsak, sevgisizliğe de aynı muameleyi yapmak zorundayız.

Sevgisizlik de sevgi kadar içtendir. Bir zamanlar sevdiğiniz birinin artık zayıf olduğunu hissettiğinizde, duygularınız sizi ondan uzak tutmak üzere harekete geçer. Hayatta kalma savaşınızda fazladan bir ayak bağına hiç ihtiyacınız yoktur. İçinizde bir burukluk kalır belki, ona karşı sorumluluğunuz olduğunu düşünürsünüz. Ama fazla üzerinde durmazsınız. Hayat, takım dışı edilen zayıf oyuncular için üzülmeye vakit bırakmaz.

Bu ilişkinin diğer tarafında olmak ise hayatta en çok acı veren şeylerden biridir. Sizi bırakanlardan anlarsınız ki, artık tekrar çıkamayacak kadar batışa geçmişsinizdir, batışınızı durduracak hiçbir şey yoktur. Güvendiğiniz, sarılmak, tutunmak istediğiniz "sevdikleriniz" sizin batışınızın durdurulamaz olduğunu hissettikleri anda, yanınızdan uzaklaşmak için saniyeleri saymaya başlarlar. Bu arada beyinleri, vicdan azabı çekmelerini engelleyecek küçük oyunlar oynayabilir. Mesela yaptığınız ya da söylediğiniz bir şeye çok kızarlar. O kadar kızarlar ki, sizi bir daha görmek istemiyorlardır. O kadar kızılacak bir şey midir söylediğiniz? Pek önemi yoktur, onlar bunun gerekli doğrulamasını yapmışlardır. Zaten içgüdüleri sizden uzak durmayı söylemektedir, akıl ona gerekli kılıfı bulur. Bu içgüdü, sizin yaptığınız ya da söylediğiniz şey karşısında onarılamayacak şekilde kırılmayı haklı çıkaracak mantık zincirini kurmaya da kadirdir.

Bir zamanlar yakın olduğunuz birinin intihar ettiği haberini aldınız mı hiç? Ya da akıl hastanesine kapatıldığını, ya da müebbete mahkûm olduğunu... Ama o sırada onun yanında değildiniz. En yakın zamanlarınızda değildiniz. O dönemler çok geride kalmıştı. Haberi aldığınızda belki bir an için, yanında olsaydım böyle olmayabilirdi diye düşünürsünüz. Ama fazla üzerinde durmazsınız. Siz ne yapabilirdiniz ki!

Halbuki aslında, siz de biliyorsunuz, ilk aklınıza gelen doğrudur. Siz yanında olsaydınız öyle olmazdı. Ama siz, işlerin o aşamaya varmasından çok önce, bu batışın belli belirsiz ilk emarelerini gördüğünüz anda sırra kadem basmıştınız. Çünkü o batışı durdurma amacıyla boşa yakacağınız bir kilokaloriniz bile yoktu.

İnsan böyle pis bir hayvandır işte.

Bu yüzden, anneme ne kızıyorum, ne kırılıyorum. Beni sevmemek onun en doğal davranışı. Benim, onun evinde sığıntı olarak bulunduğum şartlar altında en doğal davranışım da bunu umursamamaktı.

Şimdi, ben evden belirsiz bir süre için ayrılmadan hemen önce, çocukluğumdakine dönmüş gibiyiz. Sanki ben okula gideceğim, o da beni uğurlamak için tatlı bir heyecan içinde. Saç-sakal tıraşı olmamı öğütlüyor. Biraz da şık bir kıyafet giymeliyim yola çıkarken, her sabah metroyla işe giden insanlara yeterince benzeyecek kadar.

Tıraş işini birinci katta oturan doksanlık Hulusi Amca'ya haftada bir gelen berber halletti. Saç-sakal birbirine karışmıştı. Saçları standart erkek saç uzunluğuna getirdik. Sakalları tümüyle tıraş etmektense makul uzunlukta bırakmayı daha uygun gördüm. İşi-gücü olan adam rolü için biraz daha kolay benimseyebileceğim, yadırgamayacağım bir kalıba ihtiyacım vardı. Bayağı bir süredir sakallıydım ve bu halime o kadar alışmıştım ki, yüzümün bu doğal örtüsünü kaybedersem kendimi son derece savunmasız hissedecektim. Ayrıca son zamanlarda iyice belirginleşen gıdımı da pırıl pırıl sergilemek içimden gelmiyordu.

Ayrılacağım ana kadar evden çıkmak istemiyorum, riske girmeye gerek yok. Şık kıyafet düzmek de ayrı problem. Uzun zamandır eşofman dışında bir kreasyon denemiş değilim. Babamın ceket ve kravatları hâlâ duruyor evde ama artık o ceketlere sığamayacak kadar irileşmişim. Neyse, annem bir şekilde fena görünmeyen bir füme ceket buldu bir yerlerden.

Eğer olanaklarımız biraz daha geniş olsaydı, bu iş daha kolay çözülebilirdi. Mesela arabamız olsaydı, daha doğrusu ben arabanın nasıl kullanıldığını hatırlıyor olsaydım, bu siteden doğrudan otoyola çıkabilirdim. Bir sahte kimlik edinme şansım olsaydı, kimlik kontrollerinden kaçınmak zorunda kalmazdım.

6

Sabah, saat altı civarı, annemi öpüp evden çıktım. Fazla duygusal bir ayrılma yaşanmadı. Bunda, akşam eve geri gelme ihtimalimin dikkate değer olmasının payı vardı. Akşam dönmek üzere çıkmıyordum tabii, SMK'nın eline düşmemek için bir süre evden uzaklaşmam gerekiyordu. Behzat Abi'nin derdi, epeydir yapılması gereken bir hamle için tetikleyici olmuştu. Ama gün içinde yaşanacaklara bağlı olarak, buraya dönmem de olasılık dahilindeydi.

Aslında SMK beni şimdiye kadar yakalamış olmalıydı diye düşünmüyor da değilim. Beni ciddi şekilde arıyor olsalar, benim yakalanmamak için aldığım cılız önlemler, sitenin güvenlik görevlileriyle anlaşmak ya da eve girip çıkarken karanlık saatleri tercih etmek, pek de bir fark yaratmazdı. Bürokratik devlet kurumlarından belli bir laçkalık beklenebilir tabii. Beni yakalamakla görevli ekip aynı zamanda yirmi ayrı kişiyi de yakalamakla görevlidir mesela, beni yoklamalarına birkaç haftada bir sıra geliyordur. Ya da başka bir meseleleri vardır. Doğrusu hiç merak etmiyorum. Her neyse zaten yakında ortaya çıkacak.

Dikkat çekmeyecek büyüklükte bir çanta aldım yanıma. İçinde birkaç giysi var sadece. Cebimde de annemden aldığım elli bin lira. Birkaç hafta idare eder.

Sitenin kapısından dışarı çıktığımda, hava henüz aydınlanmamıştı, sokak köpeklerinden başka kimse yoktu dışarıda. İnsanların sokakta görünmeye başladığı saate kadar, her zamanki rotamda hedefsiz yürüyüşümü yaptım. Benim gibi dolaşan birkaç kişi daha vardı. Birbirimizi görmezden geldik.

Sonra sokaklar biraz daha kalabalıklaştı. Bizim sitenin de dahil olduğu ve eski Ataşehir bloklarını da kapsayan bir siteler grubunun içindeydik. Oradan metro istasyonuna kalkan otobüsler vardı. Otobüs durağında sıraya girdim. Arabaların sesleri dışında hiçbir ses yoktu. Hiç kimse konuşmuyordu. Eskiden bu hatta çalışan minibüsler artık yoktu. İnsanların taleplerini bildirmek için konuşmak durumunda kalacağı diğer bütün ticaret biçimleri gibi yavaş yavaş kaybolmuşlardı. Manyetik kartlar ve barkodlarla halledilemeyen hiçbir iş kalmamıştı ortalıkta.

Yoldan bir SMK minibüsü geçti. Onu gören herkes duruyor ya da yavaşlıyor, başını önüne eğiyor, ya da düpedüz hazırola geçiyordu, çok tuhaf bir manzaraydı. Benim evden çok az çıkarak geçirdiğim bunca zaman boyunca, sokaktaki hayat da benim son bıraktığım halinden epeyi farklılaşmıştı. SMK, benim içinde bulunduğum sırada, salgının yayılmasını engellemeye ve hastalığa çare bulmaya çalışan bir sağlık kuruluşuydu. Şimdi ise başka hiçbir kurumda olmayan yetkilere sahip. Herhangi birini hasta olduğu şüphesiyle alıp götürebilirler ve bir daha izini bulamayabilirsiniz. Polis ya da asker onların operasyonlarına karışamaz, hiçbir yerel yöneticiye karşı sorumlulukları yoktur, doğrudan Sağlık Bakanlığı'na bağlıdırlar. Üstelik onların bu gücüne karşı çıkmak aymazlık olarak görülür çoğu kişi tarafından. Televizyon tartışmalarından biliyorum, arada bir SMK'nın sahip olduğu neredeyse sınırsız yetkiyi eleştirmeye yeltenen birileri çıkar, hemen susturulur, korkunç salgına karşı duyarsızlıkla suçlanır.

Yine de sokaktaki etkisini görmek farklı oldu. Herkese yayılmış o korkuyu ben de iliklerime kadar hissettim. Üstelik korkmak için herkesten çok nedenim vardı çünkü halihazırda aranıyordum. Beni tam olarak neden aradıklarını bilmiyordum, az çok tahmin edebiliyordum sadece. Beni yok etmek isteyeceklerini sanmıyordum ama mantıklı ve tutarlı hareket ettiklerinden de emin değildim. Belki de yarım akıllı bir bürokratın çalakalem hazırladığı bir raporla kaybedilecekler listesine girmiştim. Önceden bilmenin imkânı yoktu. O sabah evden çıkarken, SMK beni yakalarsa da yakalasın, dertleri neymiş öğreniriz, diyordum kendi kendime. Ama şimdi içimi korku kaplamıştı, yakalanma riski göze alınabilir gibi gelmiyordu artık.

Otobüs geldi, sırayla binildi, yerleşildi, oturan oturdu, kalanlar ayakta kaldı, kimse ağzını açıp tek kelime etmedi. Toplam 7-8 dakikalık bir otobüs yolculuğuydu zaten. Karantina bölgesinin içinden geçip metro girişine giden tellerle ayrılmış yaya yolunun önüne kadar geldi otobüs. Aynı uğursuz sessizlik içinde otobüsten indik, tek sıra halinde metro geçidine girdik. Çevrede yüzleri karantina bölgesine dönük halde aralıklı bir şekilde yerleşmiş silahlı korumalar vardı.

Burada asıl tehlike kaynağı olarak görülenler hastalar değil, hasta olmadıkları halde karantina bölgesine kapatılanlar. Karantina bölgesinde kalmak abukların pek de umurunda değil, onlar dalgalarına bakıyorlar. Ama iyi kötü bir hayat sürdürürken bir anda hapis durumuna düşen, üstelik açlık çekme tehlikesi içinde kalanların hali farklı. Bu bölgelere, sözde, düzenli yiyecek ikmali yapılıyor ama yine de açlıktan ölme tehlikesi bulunduğu söyleniyor. Bu şartlar altında kalanlar için şiddete başvurmak çok uzak bir seçenek olmaktan çıkıyor. Birilerinin karantina bölgesinden kaçmaya çalışırken vurulması gündelik bir hadise.

Tabii ancak kulaktan kulağa yayılan bilgiler bunlar. Televizyon haberlerinde bunları izleyemiyorsunuz. Televizyona bakılırsa, eğer ARDS hastası olmadığınız halde karantina bölgesi içinde kaldıysanız, yetkililere başvurup hasta olmadığınızı kanıtladığınızda dışarı çıkmanıza izin veriliyor. Hasta olmadığınızı kanıtladığınızda... Bunu nasıl yapacağınız ise belli değil, çünkü hasta olanla olmayanı güvenilir ve güvenli şekilde ayırt edebilen bir test yok. Daha doğrusu bir testin güvenilirliği ile güvenliği birbiriyle çelişir. Güvenilirlik derken testin doğru sonuç vermesini, güvenlik derken de testi uygulayan kişi için hastalığa yakalanma riski taşımamasını kast ediyorum. Normalde birinin abukladığını ancak konuşarak anlayabilirsiniz. Bazen abuklama kendini hemen belli eder. Ama bazen de siz buna karar veremeden, ARDS denilen illet beyninize giriverir. Abuklamayı teşhis ettiğinizde artık çok geç olmuştur. O yüzden, ARDS testlerinde konuşma ya da herhangi şekilde doğrudan iletişim içeren yöntemler kullanmaktan kaçınılıyor.

Şu anda bu testler nasıl yapılıyor bilmiyorum. Benim zamanında uygulanan yöntem, yazılı olarak verilen bir takım rastgele işlemleri yaptırmak üzerine kuruluydu. Zekâ testi gibi, ama zihinsel beceriden çok mantık zincirinin işlerliğini test etmeye yönelik, sağlıklıların yapmayı becerip hastaların yapamayacağı bir şeyler keşfetmeye çalışıyorlardı. Hastaların dikkatlerinin dağılacağı, okuduklarını anlamayacağı ya da düşünce disiplinini koruyamayacağı varsayılıyordu. Ama bu yöntem ve çeşitlemeleriyle isabet oranının ancak %70'e kadar yükseldiği tahmin ediliyordu. Hastalar, testi geçme hedefine kilitlenip tüm yönergeleri doğru uygulayabiliyorlardı. Yönergeleri daha karmaşık hale getirdiklerinde de sağlıklı kişilerin birçoğu testi geçemiyordu.

Şimdi, muhtemelen ya hiç test yapmıyorlar, ya da mecbur kaldıklarında hiç kimsenin kolay kolay geçemeyeceği göstermelik bir testle yetiniyorlar. Zaten imkânı olanlar, vaziyetin sakata bindiği mahallelerden vakitlice ayrılıyor. İçeride kalanlar başka yere taşınma şansı bulamayanlar. Onlar da kimsenin pek umurunda değil.

Biz, öte yandan, bilgisayarın yapacağı bir test üzerinde çalışıyorduk ve bayağı umut verici sonuçlara da ulaşmıştık. Ama yangında hepsi mahvoldu. Sonradan birileri bu çalışmanın izlerini bulmuş mudur, bilmiyorum. Belki başka birileri aynı yöntem üzerinde bağımsız olarak çalışmaktadır. Ama bir sonuca varabilselerdi, bundan haberdar olurduk diye düşünüyorum.

Bir problem de, belli bir dil için sağlanan gelişmenin başka bir dile doğrudan aktarılamaması. Yani Amerikalılar İngilizcedeki abuklamayı teşhis eden bir yazılım geliştirmişse bile, biz Türkçe için aynı şeyi bağımsız olarak yapmak zorundayız. Onların çalışma yöntemlerinden faydalanabiliriz ama çözümü alıp doğrudan uygulama şansımız yok. Elbette başka bir dilde çözüme ulaşılsaydı, bize çok katkısı olurdu. Biz de zamanında Amerika'da yazılmış makalelerden bayağı yararlanmıştık. Ama bildiğimiz kadarıyla böyle bir şey de olmadı. Olsa mutlaka duyardık, eğer çözümün gizli tutulması için tezgâhlanmış, dünya çapında devasa bir komplo söz konusu değilse.

Hastalığın teşhis edilebilmesi, tedavinin bulunması yönünde müthiş bir aşama olurdu. Hatta işin yarıdan fazlası olduğu bile söylenebilir. Çünkü bir kişide ARDS olup olmadığının kesin olarak saptanabilmesi için, ARDS'nin nasıl bir şey olduğunun, beyne nasıl yerleştiğinin, abuklayanların aslında ne demek istediklerinin az çok anlaşılmış olması gerekir. Bu bilgiye ulaşıldığında, dünyayı bu beladan kurtarmak için geriye yapılacak pek az şey kalır.

Ama şu anda, on binlerce kişi yıllardır konu üzerinde kafa patlattığı halde, bir adım ilerleyebilmiş değiliz ve insanları vahşi hayvanlar gibi parmaklıkların arkasına kapatmaktan başka çıkar yol bulamıyoruz. Biz parmaklıkların dışında kalanlar olarak şanslıyız, sesimizi çıkarmıyoruz, göze batmamaya çalışıyoruz.

Karantina bölgesinin içinden geçen yola girdik. Tek sıra halinde devam ettik, zaten burada ancak tek sıra halinde gidilebiliyor. Yavaş ama kesintisiz ilerledik metro girişine kadar. Metro girişinde durduk, bir kuyruk oluştu. Ortama uygun davranmaya çalışıyordum, kıyafetim de diğerlerine benziyordu, her sabah bu yolla işe giden biri olduğumun düşünülmemesi için hiçbir neden yoktu. Ama burada neden durakladığımızı şiddetle merak ediyordum. Elimden geldiğince göze çarpmadan, bu duraklamanın sebebini anlamaya çalışıyordum. Oysa çevremdekiler duruma alışkındı, önümüzde ne olduğunu benim kadar merak eden yok gibiydi. Eskiden bir şeyi merak ettiğinizde önünüzdeki ya da arkanızdaki kişiye sorabilirdiniz. Şimdi böyle bir şey düşünülemez bile.

Eğer bir kimlik kontrolü varsa geri dönecek ve metroya girmek için başka bir yöntem deneyecektim. Bunu kimseyi şüphelendirmeden yapmam çok zordu. Sağda solda güvenlik görevlileri vardı. Geri dönersem onların dikkatini çekebilirdim. Metro girişinin öbür tarafından, tek tük metrodan çıkanlar geliyordu, bu saatte bu konut bölgesinde metrodan çıkan fazla insan olmuyordu. Onların arasına karışmam lazımdı ama aradaki mesafe, dikkat çekmeden ters yöne geçmek için fazlaydı.

Yürüyen merdivenlere kadar adım adım geldik, alt kata indikten sonra trafik daha hızlı akmaya başladı. Artık yolun sonunda ne olduğunu görebiliyordum. Siyah üniformalı bazı görevliler, yürüdüğümüz yolun iki yanında dizilmişlerdi. İnsanlar, başları önde, aralarından geçiyorlardı. Kimlik kontrolü yoktu. Ama az sonra birini yoldan çevirdiler, kimliğini sordular, mobil bilgisayarlarıyla kontrolünü yaptılar, bıraktılar. Neye göre durdurduklarını anlayamamıştım ama eğer bazılarından şüpheleniyorlarsa, benim de o bazılarından biri olacağım kuşkusuzdu. Bir kere, aşağı yukarı her gün aynı kişileri görüyor olmalıydılar, beni ise ilk kez göreceklerdi. Ayrıca, bu düşünce aklıma düştüğünden beri kontrolsüzce terlemeye başlamıştım,

Allah'ın belası kravat zaten yeterince bunaltıyordu, bir de üstüne sinir basmıştı. Daha fazla yaklaşmadan geri dönüp buradan çıkmalıydım.

Önce ayakkabılarımı bağlar gibi yaparak yere çömeldim. Ayakkabılarımı çözüp yeniden bağlarken hafif hareketlerle yönümü geldiğim tarafa çevirdim. Sonra kalktım ve duraklamadan ters yönde yürümeye başladım. Metrodan çıkanların yürüdüğü tarafa doğru çapraz bir rota üzerinde gidiyordum. Arkamda bir hareketlenme hissettim, yan gözle baktım. Siyah üniformalılardan biri gruptan ayrılmış, bana doğru geliyordu. İlk aklıma gelen koşmaktı ama kendime hâkim oldum. Hızlı adımlarla ve tekrar arkama bakmadan yürümeyi sürdürdüm. Artık çaprazlama gitmenin da anlamı kalmamıştı, arkamdan gelen güvenlik görevlisi geri döndüğümü görmüş olmalıydı, metrodan inmiş gibi yapmamın gereği yoktu. Metroya binmek için gelenlerin yanından ters yönde gidiyordum. Sorulursa bir şey unuttuğumu söyleyecektim. Ne unutmuştum? Şimdiden ifademi hazırlamalıydım. Herif hâlâ arkamdan geliyor muydu acaba? Deli gibi merak ediyordum ama kaçıyor gibi görünmemek için dönüp bakamıyordum.

O sırada, yanımdan "Ben buradayım," diye bir ses duydum.

Geçen hafta otobüs durağında kitap okurken gördüğüm kıvırcık saçlı kız, mahcup bir gülümsemeyle karşımdaydı ve bana bakıyordu. Beni kurtarmak için cennetten inivermişti. İçgüdüsel bir hareketle ona sarıldım.

"Terlemişsin," dedi gülerek.

"Biraz sıkıntı içindeydim de."

"Evet, anlaşılıyor."

Hafifçe geri dönüp az önce peşimden gelen adama baktım. Yirmi metre kadar ötemizde durmuş, bize bakıyordu. Yanımdaki kıza başıyla belli belirsiz selam verdi.

"Tanışıyor musunuz?" dedim.

"Her gün buradan geçtiğimiz için..."

Birlikte tekrar metroya yürümeye başladık.

"Başın dertte gibi bir halin var," dedi.

"Evet, yani kimliğimi kontrol edecek olurlarsa başıma dert açılabilir."

"Etmezler, merak etme."

"Nereden biliyorsun?"

"İkimiz yanlarından konuşarak geçeceğiz. Rahat bir şekilde... Bizimle ilgilenmeyecekler bile, sadece yalnız ve kararsız tiplerle ilgilenirler. Benimle olduğun sürece sorun yok."

"Ama biraz önce benim peşimden geliyordu, değil mi? Bende bir tuhaflık fark etti."

"Sakin ol, onlara dikkatini verme. Yanlarından geçerken bana bir şey anlat mesela. Hatta şimdiden başlasan iyi olur, yaklaştık bayağı."

"Ha? Ne anlatayım?"

"Anlat hadi, başını o tarafa çevirmeden."

"Anlatayım tabii... Anlatayım, eee... anlamaya gelince, anlamadım deyip çıktı işin içinden. Anlamadan dinlemeden, ahını aldık, Allah'a havale ettik. Senin anlayacağın, Alman usulü hallettik hesabı, alarmı bile kurmamıştık daha."

Böylece yanlarından geçtik. Kız kıkır kıkır gülüyordu.

"Sen şimdi bunları normal görünmek için anlattın değil mi?"

"Bilmem, sen anlat deyince, ağzıma geleni söyledim."

"İyi ki duymadılar."

Metronun koridorlarında yürüdük birlikte.

"Neden yakalanmaktan korktuğunu sorardım ama söylemek istemezsin."

"Sen ne sorsan söylerim," dedim. Gülümsedi, başını öne eğdi utangaçça. "Ama ben de bilmiyorum. Kafamın neden sıcak olduğunu merak ediyorlar herhalde."

"Aaa... Evet, ben de fark ettim, ateşin var sandım."

"Ateşim var denebilir, evet. Ama sürekli var ve bir enfeksiyonla bağlantılı değil ve sadece baş bölgesinde."

"Hadi ya! Neden peki?"

"Bilmem. Bir tedavi geçirdim, ondan sonra oldu."

"Ne tedavisi?"

Cevap vermedim.

"Ne sorsan söylerim demiştin," dedi çapkın bir gülüşle.

"Evet," dedim, ona baktım, gerçekten bilmek istiyor mu diye. O da bana baktı, bir anda bakışları ciddileşti. Nasıl olduysa meselenin ne olduğunu anlamıştı.

"ARDS," dedi. Başımla onayladım.

"Hastalığa yakalandın ve tedavi oldun öyle mi? Nasıl oldu? Böyle bir şey mümkün mü?"

"Nasıl olduğunu bilmiyoruz, beni iyileştiren formül kayıp. Ya da bir nedenle sadece bende işe yaradı. Hangisi, bilmiyorum. O sırada her şey birbirine girmişti. Bunu istesem de anlatamayabilirim, benim hafızamda da kopuk kopuk. O dönemi bir rüya gibi hatırlayabiliyorum ancak."

"O yüzden arıyorlar seni değil mi? Nasıl iyileştiğini öğrenmek istiyorlar."

"Evet, öyle bir şeyler olsa gerek. Ama beni yakalarlarsa ya yeniden hasta edecekler, ya da üzerimde deneyler falan yapacaklar. Ne olacağını bilmiyorum ama hayırlı bir şey olmayacağı kesin. Yani büyük ihtimalle az önce hayatımı kurtardın."

"Çok sevindim."

Yön ayrımına geldik. "Ben Maltepe tarafına gidiyorum," dedi.

"Orada mı çalışıyorsun?"

"Hayır ama bugün orada bir işim var."

"Yani buraya kadar mı?"

"Şimdilik," dedi, gülümsedi.

"Tanışmadık," dedim.

"Ben Şule."

"Ne güzel isim, anlamı ne?"

"Almancada 'okul' demektir."

"Anlamı da güzelmiş. Ben de Murat."

"Memnun oldum."

"İnan bana, asıl ben memnun oldum."

Tokalaştık. Ayrıldık.

Özgürlük Zulmün Bahanesi Olamaz

7

Şubat ayında, televizyonları günler boyunca Beşiktaş'ta bir dükkânda bulunan bir torba dolusu göz meşgul etti. Yere bırakılmış bir naylon torba içinde, bir sürü insan gözü. Dükkândakiler kimseyi yere torba bırakırken görmemişler. Güvenlik kameralarının kayıtlarında koyu renk gözlüklü, orta yaşlı bir kadın görünüyor. Dükkân kalabalık. Kadının bir şeyler almaya niyetli gibi bir hali var, torbayı elinden bırakmak istiyor, nereye koyacağını bilemiyor. Bankonun üstünde yer bulamıyor, yere bırakıyor. O sırada dükkândakiler onun önündeki başka müşterilerle ilgileniyorlar. Önündekilerin omuzlarının üstünden satıcının dikkatini çekmeye çalışıyor, sonra vazgeçiyor. Bir süre çevresine bakınıyor. Sonra çıkıp gidiyor. Torbayı oraya bırakma niyetiyle gelmiş gibi görünmüyor. Orada unutuyor. Daha doğrusu dükkâna neden geldiğini unutuyor herhalde.

Güvenlik kamerası kayıtlarından alınan bir başka ilginç bölüm de çalışanlardan birinin torbayı buluşu. Torbayı eline alıyor, açıyor, içine bakıyor. Önce içindekinin ne olduğunu anlayamıyor, elini sokuyor, dokunuyor, anlıyor ne olduğunu, torbayı elinden düşürüyor, kusuyor.

Ben, Fındıkzade'de Özgür'ün eski kız arkadaşı Dilara'nın evinde kalıyorum. Aslında buranın onun evi olduğunu da pek sanmıyorum, Dilara'nın boş bulup yerleştiği ev demek daha doğru. Dilara durmadan içiyor ve bana üstü kapalı ama yeterince anlaşılır sevişme tekliflerinde bulunuyor. Söylemek ayıp ama Dilara'yla sevişmenin düşüncesi bile midemi bulandırıyor. Belki Dilara isminden dolayıdır, bana hep bir tür mide ya da bağırsak problemi demekmiş gibi gelir. Uyanık kaldığı on dört saatin en az on ikisinde ayakta duramayacak halde olması da yeterince güçlü bir etken galiba. Kendisi hastalığa karşı korunmak için içtiğini, isterse içmeyebileceğini söylüyor. Çok tipik bir alkolik yalanı ama doğru tarafı olabilir. Birkaç yıl önce alkolün hastalığın yayılmasındaki etkisi epeyce tartışma konusu olmuştu. İnsanın anlayışını normalden daha kıt hale getirdiği için memetik virüsün akla girişini zorlaştırdığı düşünülüyor. Ama bir yandan da sosyalleşme dürtüsüne gereksiz bir doping yapması ve normalde sakınması gereken, abuklar ya da abuk olma ihtimali bulunanlara karşı yersiz bir muhabbet duymasına yol açması gibi bir durum var. İki faktör ters yönde çalışarak bir denge sağlıyor ve sonuçta sarhoşları hastalığa karşı ayıklarla aşağı yukarı aynı derecede hassas kılıyor olabilir. Dilara ikinci faktörü tümüyle görmezden geliyor. Olsun, onunla bu konuda tartışmaya girecek değilim.

Güzel tarafı, evde televizyon var. Göz dolu torbanın yarattığı dehşet sürüyor. Aslında hastalıkla ilgili şimdiye kadar bilinenlere ters bir durum değil. Hastaların kendini imha etmeye yönelik davranışlara zaten pek çok kez tanık olundu. Hastalığın, yine iyi bilinen bir başka özelliği de başka abukların davranışını kopyalama şeklindeki etkisi. Ara sıra karantina bölgelerinin üzerinde dolaşan helikopterlerden çekilen görüntülerde böyle tuhaf manzaralar görünebiliyor. Sıra halinde dizilmiş kafalarını aşağı yukarı sallayanlar, ellerini iki yana açmış kendi çevresinde dönenler ya da yan yana diz çökmüş alınlarını yere değdirmeye çalışanlar.

Bu tarz devinimler önce tek bir bireyde başlıyor. Onunla iletişime geçen bir başkası bir süre sonra aynı hareketleri yapmaya başlıyor. Çevredekilere hızla yayılıyor, kısa bir süre içinde koskoca bir grup aynı anlamlandırılamayan hareketi tekrarlıyor.

Sonra birden, görünürde hiçbir neden yokken, hepsi birden duruyor ve ayrı yönlere doğru dağılıyorlar. En azından helikopter kamerasından böyle görünüyor. Onlar açısından, belli bir amaca ulaşmaya yönelik bir çaba içinde olabilirler. Bizim göremediğimiz bir şekilde o amaca ulaşılıyor, çabalarının karşılığını alıyorlar ve hepsi kendi yoluna gidiyor.

Kendini imhaya dönük davranışlar da salgının başından beri görülüyor. Kendini tuhaf şekillerde ampute edenler, kolunu, bacağını ya da cinsel organlarını kesenler, kendi kafa derisini yüzenler, vücuduna bir şeyler saplayanlar... Bunlar, toplumu en çok dehşete düşüren, hastalıktan bu kadar korkulmasına en çok neden olan şeyler.

Bir torba göz vakası, bu iki faktörün bir şekilde birlikte çalışması sonucu ortaya çıkan bir durum olmalı. Beni şaşırtmıyor. ARDS'nin var olduğu bir dünyada, bir köşede içi göz dolu bir torba bulmayı beklemeniz gerekir. Daha tuhaf şeyler de bulabilirdiniz, göz olduğu için şanslısınız.

Dilara benimle televizyon izliyor, bir yandan içiyor ve sürekli söyleniyor. Ucuz votkaya onun portakal suyu dediği ama tahminimce sarı gıda boyası, şeker ve sudan ibaret bir karışımdan katıyor ve bundan bana da teklif ediyor sık sık. En azından votka şişesinin başlarında gayet cömert oluyor bu konuda, şişenin dibi yaklaştıkça teklifler de cılızlaşıyor. İçkiyle aram yok, dünyayla kurduğum hassas dengeyi bozmasını istemiyorum. Ayrıca, ben evde kalmaya başladığımdan beri votka da benim paramdan, daha doğrusu annemin parasından alındığı için, ben ne kadar azını tüketirsem o kadar çok dayanır.

Bu mahalle çok acayip, Ataşehir'den çok farklı. Burada hastalık her yerde. Geçen sabah sokakta uluorta cinsi münasebette bulunan üç kişi gördüm mesela. Üç kişi... En altta bir kadın, ortada bir adam, en üstte bir adam daha... İlk anda garipsedim, ARDS hastalarında çok fazla cinsel davranış görülmez çünkü. Hastalığı fırsat bilip Türk aile yapısından bağımsızlıklarını ilan ettiklerini düşündüm, güldüm kendi kendime. Salgını fırsata çevirmişler bir nevi. Ama sonra ortadaki adamla bir an için göz göze geldik, gözlerinde sanki insan olmayan bir şeye, mesela bir sırtlana aitmiş gibi bir ifade vardı, içim ürperdi. Hastalık hakkında genellemelerden kaçınmak gerektiğini bir kez daha tecrübe etmiş oldum.

Buraya gelirken ve geldiğimden beri gördüklerimden şunu fark ettim ki; televizyondan sürekli tekrarlanan, salgının karantina bölgelerine hapsedilerek kontrole alındığı, diğer bölgelerin güvenli olduğu, hastalığın tedavisi yönündeki çalışmaların son aşamaya geldiği ve yakında karantina bölgelerinin de birer birer kaldırılacağı şeklindeki tablodan çok farklı bir manzara var dışarıda. Güvenlikli siteler, güvenlikli ofisler, alışveriş merkezleri ve bunları birbirine bağlayan metro ve otoyollardan oluşan bir ağ dışında her yer boş verilmiş durumda. Biz de boş verilmiş bir bölgedeyiz şu anda. Resmen karantina bölgesi değil. Televizyona bakılırsa, normal bir hayatın sürdüğü huzur dolu şirin mahallelerden biri. Ama artık şirin mahalle falan yok. Mahalle denebilecek her yer şirinlikten çok uzak. On dakikada bir itfaiye ya da ambulans geçiyor. Nereye gidiyorlar, belli değil. Bir yerlerden dumanlar yükseliyor sürekli. Başka bir yerlerden de acayip kokular geliyor. Huzurlu denebilecek hayatın sürdüğü yerler ise mahalle denince aklınıza gelen yerlere hiç benzemiyor. Kapılarında güvenlik görevlilerinin durduğu kocaman duvarların arkasında birbirinin aynısı binalardan oluşan siteler... Bir sitenin duvarının bittiği yerde bir başkası başlıyor.

Tuhaf olan, hayatın bu şekilde iyi kötü sürmesi. Ekonomi bir şekilde işliyor. İnsanlar işlerine gidiyorlar, alışverişlerini yapıyorlar, evlerine dönüyorlar. Mallar süpermarketlere gelmeye devam ettiği sürece sorun yok. Demek ki herkese ait ortak alanlara, giren çıkanı kimsenin kontrolden geçirmediği sokaklara, parklara, meydanlara falan ihtiyacımız yokmuş aslında. Onlar olmadan da yapabiliyormuşuz.

Şehrin bu kısımları, artık neredeyse kimsenin gitmediği tarihi camilerle dolu. Hâlâ bakımları yapılıyor, çürüyüp gitmeleri engelleniyor. Namaz saatlerinde, bazen içeride sessizce ibadetini yapan birkaç kişiye rastlanıyor. Ama çoğunlukla hiç kimse olmuyor.

Dindarlar salgından daha çok etkilendiler. İstatistiksel olarak böyle bir veri var, nedeni tam anlaşılamasa da. Bir düşünceye göre dindar insanlar, genel olarak inanmaya daha eğilimli oldukları için, abuklamaya karşı kendilerini korumakta zayıf kaldılar. Hastalığın varlığından haberdar oldukları halde, dini içerikli konuşmaların, vaazların, hutbelerin hastalık taşıyabileceğinden şüphelenmediler ya da bundan şüphelenmekte geç kaldılar. Üstüne üstlük salgının ilk günlerinde oluşan panik hali, özellikle muhafazakâr kesimleri; interneti, akıllı telefonları ve salgının yayılmasından mesul gördükleri her türlü şeytan icadını düşman belleyip dine daha çok sarılmaya yöneltti. Böylece dinsel kaynaklardan gelen tehlikeye karşı iyice savunmasız kaldılar. Sonuçta dindar kesimlerde büyük bir kıyım oldu. Sadece burada değil, dünyanın her yerinde. Geriye kalanların dini inançlarını topluca kaybettiğini söylemek çok zor tabii, inananlar kendi çaplarında inançlarını yaşamayı sürdürüyorlar. Ama din, uzunca bir süredir topluca yaşanan ve üzerinde konuşulan bir şey olmaktan çıktı. Camiler, önceden merkezi hayatın sürdüğü şebekenin birer parçasıydılar. Ama sonradan, deyim yerindeyse, enfeksiyona en açık olunan yerler oldukları anlaşıldı. Birbirini tanımayan insanları ilişkide bulunmaya teşvik eden her yer gibi, toplum hayatından dışlandılar.

Dilara, Özgür'le tekrar bir araya geldiklerini ve birkaç gün içinde Özgür'ün de buraya geleceğini söyledi, o yüzden burada bekliyorum. Yoksa Dilara'yla mutlu bir yuva kurmak gibi bir hevesim yok. Ama günler geçtikçe bunun düpedüz yalan olduğu hissi daha da güçleniyor bende. Aslında bütün veriler buna işaret ediyor; bunu daha en başından anlamalıydım. Votkasını alabilmek için, benim cebimdeki de dahil, her türlü para kaynağını tırtıklamak zorunda olan bir alkolik, tam da benim onu aradığımı duyduktan sonra, yıllar önce ayrıldığı sevgilisiyle barıştığını söylüyor. Bundan şüphe duymamak için bayağı saf olmak gerek. Ama Özgür'ün çok yakında bu eve geleceği ve aradaki zamanı da onu aramak yerine televizyon izleyerek geçirebileceğim düşüncesine çabucak ısındığım için inanmayı tercih etmişim herhalde.

Dilara ise, artık ancak gözlerinizi kısarak baktığınızda fark edebileceğiniz güzelliğinin, çevresinde eski etkiyi yaratmadığının farkında ve tutunabileceği her dala tutunmaya çalışıyor. Bundan on yıl önce, Dilara'nın her türlü bahaneyle bana sokulmaya çalışacağını ve benim ondan köşe bucak kaçacağımı aklımdan geçiremezdim herhalde.

Yalan söylediği için ona kızmıyorum. Zaten artık hiçbir şeye kızmıyorum. Ama tabii cebimdeki parayı sonuna kadar içmesine izin vermek de pek akıllıca olmayacaktı. Sonunda, sorulması gereken soruyu sordum:

"Dilara, Özgür ne zaman gelecek?"

"Gelir canım. Birkaç güne kadar, yani haftasonu falan burada olur herhalde. Olmadı öbür haftasonu."

"Dilara, Özgür'ü en son ne zaman gördün?"

"İşte, sen gelmeden önce. Şu uzaktan kumandayı uzatır mısın?"

"Ben gelmeden ne kadar önce?"

"Ya işte, birkaç gün herhalde, ne bileyim. Uzatacak mısın şunu?"

"Dilara, kusura bakma. Sana inanmak istiyorum ama inanamıyorum."

"Nasıl? Bana yalancı mı diyorsun?"

Öfkeli bakışlarını bana dikti. Bakabileceği en sert ifadeyle baktı, yine de pek ürkütücü olamıyordu. Ben de hiçbir şey demeden donuk donuk baktım ona. Öylece bakıştık bir süre. Dudakları titredi. Tükürük püskürterek gülmeye başladı. Gülmesi giderek şiddetlendi. Koltuktan yere düştü. Gülmekle ağlamak arası tuhaf inlemeler çıkararak yerde yuvarlandı.

"Dilara, ben gidiyorum, hoşça kal."

Gülmekten cevap veremiyordu. Çıktım.

8

Aklımda birisi daha vardı. Bir torbacı... Adı Nadir. Benim adamla şahsen konuşmuşluğum yoktu ama birkaç kez Özgür'le birlikte gitmiştim, o alışverişini yaparken dışarıda beklemiştim. Özgür buralardaysa Nadir'le bağlantı halinde olması kesin gibiydi. Ama Nadir beni tanımıyordu tabii. Dolayısıyla Özgür hakkında bilgi vermesi, hatta onu tanıdığını kabul etmesi dahi beklenmezdi. Ama şu an için yapılacak daha iyi bir şey yoktu.

Daha önce gittiğimiz yeri bulmakta zorlandım. Benim hatırladığım haline benzemiyordu. Bina kısmen yanmıştı. Camlar kırık, duvarlar isliydi. Hâlâ ayaktaydı ama her an yıkılabilir gibi duruyordu. Kapısı açıktı. İçeri baktım. Bir koridor ve ucunda bir avlu görünüyordu. Avluda birileri vardı. Binaya girdim, oraya doğru yürüdüm.

Biri on, diğeri on beş yaşlarında iki oğlan, bir de onların annesi gibi görünen bir kadın, kenardaki taşların üzerine oturmuşlardı. Beni görünce ayağa kalktılar. "Merhaba," dedim. Cevap vermediler. Gözleri benim arkamdaki bir noktaya kaydı. Başımı çevirdim. Yanağım soğuk bir metale değdi. Tabanca!

"Sen kimsin?" dedi tabancayı tutan kişi.

"Ben Murat, Özgür'ün arkadaşıyım. Onunla birlikte gelirdik buraya."

"Ben hatırlamıyorum."

"Nadir Bey siz misiniz?"

Nadir adı geçince bir hareketlenme oldu. Oğlanlar birbirlerine baktılar. Tabanca indi. Dönüp tabancalı adama baktım, kırk beş yaşlarında çopur yüzlü bir adamdı.

"Bir şey mi almak istemiştiniz?"

"Hayır, hayır. Ben arkadaşım Özgür'ü arıyorum. Kendisinden haber alamıyorum. Buraya yakın zamanda geldi mi acaba?"

"Buraya bir süredir pek kimse gelmiyor."

"Nadir Bey, siz Özgür'ü hatırlarsınız. Sık sık gelirdi size."

"Nadir Abi hasta. Ben binanın kapıcısıyım."

"Hmm... Siz tanıyor musunuz Özgür'ü?"

"Hayır."

"Nadir Bey burada mı?"

"Nadir Abi hasta, dediğim gibi, size yardımcı olamaz."

"Eğer buradaysa, ona da sorabilir miyim?"

Bir sessizlik oldu. Adam, kadına baktı, kadın "ben bilmem" anlamına gelebilecek bir işaret yaptı. Adam bana döndü tekrar.

"Hastalık kapmaktan korkmuyor musun?"

"Hayır... Yani evet, tabii ki korkuyorum ama çok hızlıca sorup cevap almaya çalışacağım. Hasta olduğunu önceden bilmeseydim, daha tehlikeli olurdu. Ama bildiğim için, dediklerine tam dikkatimi vermeden bir süre dinleyebilirim. Belki bana ipucu olabilecek bir şeyler söyler."

"Sen SMK'dan mısın?"

"Yok, değilim."

"Onlar gibi konuşuyorsun."

"Eskiden... yani uzun zaman önce, bir ara, SMK'da çalıştım. Ama ayrılalı çok oldu. Artık orada değilim."

Öncekinden daha uzun bir sessizlik oldu. Beni tepeden tırnağa süzdü. Sonunda "Tamam," dedi. O önde, ben arkada binaya girdik. Bodrum kata indik. Bir kapının önünde durduk.

"Sen girdikten sonra, kapıyı kapatıp kilitleyeceğim. Çıkmak istediğinde, kapıya üç kere vur. Tamam mı?"

"Tamam," dedim. Adam cebinden bir sürü anahtar takılı koca bir anahtarlık çıkardı, bir tanesini tespit etti, onunla kapıyı açtı.

Nadir Bey, içeride bir koltukta oturuyordu. Sinirliydi.

"Neden sürüncemeye zerre kadar şefkatiniz yok? Neden her türlü engebenizi benim keselememi bekliyorsunuz? Siz, daha kaç yardımcı doçentin sıkıntıdan beygirleşmesine müsaade edeceksiniz?"

Durumu ağırdı ama denemekten başka çare yoktu.

"Nadir Bey, ben arkadaşım Özgür'ü arıyorum. Nerede olduğunu biliyor musunuz?" dedim aceleyle.

"Özgürlük zulmün bahanesi olamaz," dedi.

"Evet, evet, bence de öyle. Özgür, arkadaşımın adı. Doktordur. Siz tanıyorsunuz. Onu arıyorum, nerede olduğunu biliyor musunuz? Yakın zamanda gördünüz mü? Lütfen, çok önemli."

"Önemli gördüğünüz şeyler, zamanın burukluğunu özgürlüğün kokuşmasıyla yalpalatmaya yataklık etmemeli. Yoksa göğe bakamaz oluruz."

"Anlıyorum. Çok önemli dedim, çünkü arkadaşım Özgür, dünyanın içine düştüğü bu durumdan kurtulması için yardımcı olabilir. Yani sadece benim için değil, herkes için önemli. Ama önce onu bulmam gerek."

"Dünya bu duruma düşmeden çok önce, düşlerimiz dünyanın kasnaklarını kanırtmıştı ama oralı olmadık."

Hafiften ateş basmaya başlamıştı, buradan çıkmalıydım. Bir yandan da bütün bu külfete boşuna girmiş olmak istemiyordum. İşime yarayacak bir kelime olsun duymalıydım. Atağa geçmeye karar verdim.

"Siz uyuşturucu satıyordunuz. Eroin... Özgür, sizden eroin alıyordu. Son zamanlarda aldı mı?"

Durakladı. Sinirli sinirli gülümsedi.

"Sırf sizin aklınıza merhem olsun diye aşkımın tanelerini öğütmemi beklemiyorsunuz herhalde. Ben sizin geçirgenliğinizi rüyama sokacak kadar kasıksız mıyım?"

Bu kadarı yeterliydi. Bu konuşma bir yere varmayacaktı. Hızlıca kapıya yöneldim. Üç kere vurdum.

"Boynunuzu bükmeden önce yeminlerinizi gözden geçirin bence," diye seslendi arkamdan. Cevap vermedim. Kapı açıldı. Çıktım. Tekrar kapandı, kilitlendi.

Silahlı kapıcı beni bir kez daha tepeden tırnağa süzdü.

"İyi misiniz?"

"Evet, evet, iyiyim. Bir şeyim yok."

"Bir şey öğrenebildiniz mi?"

"Maalesef hayır."

"Sizce hastalığı ne durumda? Ne yapmalıyız? Burada kapalı tutuyoruz ama ne yapacağımızı da bilmiyoruz. SMK'yı mı aramalıyız? Uzman olduğunuza göre, söyleyeceğiniz bir şeyler vardır mutlaka."

"İşin doğrusu, söyleyeceğim bir şey yok. SMK'yı ararsanız onu götürürler ama sonrasının ne olacağını bilemem. Ben orada çalıştığım zaman her şey farklıydı, gerçekten bir çözüm bulmaya çalışıyorduk. Şimdi ne yaptıklarını bilmiyorum. Üzgünüm."

Bana bir süre donuk donuk baktı. Sonra öpecekmiş gibi yaklaştı yavaşça. Anlamlandıramadığım bu hareket karşısında kafamı geri çektim. O da durdu.

"Ne oluyor?" dedim.

"Abi, senden bir sıcaklık geliyor sanki de, onu merak ettim," dedi.

Herhangi bir açıklama yapmadım. "İyi günler" deyip oradan ayrıldım.

Aklıma Özgür'ü bulmak için başka fazla bir şey gelmiyordu. Özgür'le ortak tanıdığımız birkaç kişi daha vardı bu civarda oturan. Onları bulmaya çalışacaktım herhalde.

Bir iki sokak ilerledikten sonra arkamdan "Abi!" diye seslenildiğini duydum, döndüm. Avludaki oğlanlardan büyük olanı...

"Abi, kusura bakma, biraz önce söyleyemedim. Ben Özgür Abi'ye eyç götürüyorum bazen."

"Eyç mi?"

"Eyç... Yani mal işte. Babam çok kızıyor bu işi yapmama, o yüzden onun yanında söyleyemedim."

"Tamam, anladım. Özgür nerede peki?"

"Laleli'de bir otelde kalıyor."

"Götürür müsün beni?"

"Yok abi, benim hemen dönmem lazım. Laleli'ye git, bulursun. Peşkeş Otel."

Geldiği yöne doğru koşarak uzaklaştı.

9

Laleli'ye doğru hızlı adımlarla yürüyüşe geçtim. Heyecanlanmıştım. Herhalde en az iki yıldır görüşmüyorduk. Orada Özgür'ü bir nedenle bulamayabileceğimi, bulsam bile hiç beklemediğim bir halde olabileceğini aklımdan çıkarmamaya çalışıyordum ama yine de heyecanlıydım. Uzun zaman önce kaybettiğim bir hayatı yeniden bulacakmışım gibi bir his vardı içimde.

Oteli bulmam biraz zaman aldı. Aslında, tahminen, sorduğum herkes oteli biliyordu ama bazıları bana cevap vermek yerine cıkcıklayarak başlarını öbür tarafa çevirdiler. Bulduğumda da beklediğim gibi çıktı. Adından da anlaşılabileceği üzere bayağı tekinsiz bir yerdi. Otelin önü ve lobisi, hayat kadınları, torbacı görünüşlü adamlar ve çeşit çeşit uğursuz tiple doluydu. Özgür'ün burada kalması neye işaret ediyordu acaba? Aklıma türlü türlü şey geliyordu.

Resepsiyondaki tek gözlü ve tek kulaklı adama yaklaştım (gözü ve kulağı farklı taraflardaydı), Özgür'ü sordum. "Burada öyle biri yok," dedi sertçe. Özgür, bulunmamak istediği için böyle denmesini tembihlemiş olabilirdi.

"Bakın," dedim. "Benim adım Murat Siyavuş. Şimdi çıkacağım. Bu arada Özgür'ü arayıp adımı verin. Beni görmek isteyecektir. On dakika sonra tekrar geleceğim. Eğer hâlâ burada Özgür diye biri olmadığında ısrar ediyorsanız, giderim."

Bana boş boş baktı, "Burada öyle biri yok," dedi tekrar.

Çıktım. On dakika otelin civarında durmak hiç kolay değildi. Sürekli birileri gelip bir şeyler söylüyor ya da bir şeyler satmaya çalışıyordu. Sürekli bir itiş-kakış hali hüküm sürüyordu. Şakalaşıyorlar mı kavga mı ediyorlar ayırt edemeyeceğiniz birbirini tartaklayan adamlar vardı her yanda. Aynı noktada otuz saniyeden fazla dikilmek mümkün olmuyordu.

Bir ara "ner-de-çok-luk-or-da-bok-luk" diye slogan atan on-on beş kişilik bir abuk grubunun geçişi bayağı bir kargaşa yarattı. Kızlar bağırarak kaçıştılar, çevredeki binalardan çıkıp bir anda toplanan, elleri sopalı başka bir grup, abuk grubuna saldırdı. Abuklar geldikleri yöne doğru kaçtılar. Biraz sonra ortam sakinleşti, olağan keşmekeşine geri döndü.

Herhalde on dakika dolmuştur diyerek otele girdim. Resepsiyondaki adama tekrar Özgür'ü sordum. "Kardeşim," dedi elini kaldırarak, "burada öyle biri yok demedik mi?" Sesinin yüksekliği çevredeki birkaç kişiyi harekete geçirdi. "Ne oluyor lan burada?" diye üstüme yürüdüler. Biraz daha ısrar edersem, bir dayağın gündeme geleceği anlaşılıyordu. "Yok bir şey," deyip çıktım.

Özgür'ün otelde olmadığına ikna olmamıştım tabii, sadece adamların Özgür'ü arama zahmetine gireceklerini beklemekle biraz saflık etmiştim herhalde. Buralarda dolanıp Özgür'ün çıkmasını beklemekten, bu arada bıçaklanmamak ve gasp edilmemek için tetikte olmaktan daha iyi bir fikir gelmiyordu aklıma.

Bir süre sonra bir kız geçti yanımdan, beni dikkatlice süzdü. On metre kadar uzaklaştı, sonra geri döndü, bir daha yanımdan geçti. Parlak ten rengi çoraplar, süper mini etek, bir karış topuklu yaldızlı ayakkabılar, pelüş ceket ve taksi sarısı saçlardan oluşan giyimi, mesleği konusunda herhangi bir şüpheye yer bırakmamak için tasarlanmış gibiydi. Öte yandan, yüzü gözü fena halde şişti. Bir gözü morarmıştı, diğeri de ona yakın bir renkteydi. Alt dudağında belirgin yarık vardı. Görünüşe göre ağır dayak yemişti. Ama gözlerindeki ifade, şiddet görmüş bir seks işçisinin gözlerinde görmeyi bekleyeceğiniz türden değildi. Nasıl desem, adeta gözlerinin içi gülüyordu. Sonunda benimle konuşmaya karar verdi:

"Merhaba," dedi. "Ben Yasemin."

"Merhaba," dedim.

"Benimle otele gelmek ister misin?"

"Kusura bakma, bir arkadaşımı bekliyorum."

Gülümseyerek bana bakmayı sürdürdü, haylaz bir kız çocuğu edasıyla.

"Sen iyi misin?" diye sordum.

"Evet, niye sordun?"

Yüzündeki şişlikleri işaret ettim.

"Haa! İyiyim, iyiyim, bir şeyim yok," dedi gülerek.

Bana bir adım daha yaklaştı. Elini uzattı, avucunu alnıma koydu, "Oh-hoh-hoh-hoh" diye kıkırdadı. "Gel benimle," dedi, otele doğru yürümeye başladı. Yarım saniyelik kararsızlıktan sonra peşinden gittim.

Biraz önce tırıs tırıs sıvıştığım lobiye kızın arkasından tekrar girdim. Resepsiyondaki asimetrik beyefendi ve tüm uzuvları yerinde olduğu halde ondan daha simetrik görünmeyen arkadaşlarının pis bakışları altında merdivenlere doğru yürüdük. Bir kat yukarı çıktık. Koridorun sonundaki, diğerlerinden farklı olarak beyaza boyalı kapıya yöneldik. Yasemin, kapıyı cebinden çıkardığı bir anahtarla açtı. Oradan başka bir koridora geçtik. Bir asansöre bindik. Üzerlerindeki numaralar okunmayacak kadar aşınmış düğmelerden en alttakine bastı Yasemin. Asansör zorlanarak aşağı doğru hareket etti. Tahminen yer seviyesinin altında kalan bir kata indik. Biri asansörün yanında, diğeri onun karşısında birkaç basamak yukarıda iki kapının daha olduğu bir hole çıktık. Yasemin kapıyı tıklattı. Kapı açıldı.

"Sıcak kafaaa!" diye bağırarak kollarını açtı Özgür. Miyop gözlüklerinin iyice küçülttüğü düğme gibi gözler, seyrek dağınık saçlar, kirli sakal, kıpır kıpır çelimsiz bir vücut... Alnının ortasındaki kocaman morluk sayılmazsa, hatırladığım gibiydi. Bu "sıcak kafa" lafına sinir olduğumu hatırlayacak kadar da aklı yerindeydi demek ki. Sarıldık. "Gel içeri, gel, sana acayip bir şey göstereceğim," dedi, sanki daha dün görüşmüşüz gibi.

İçerisi, aralarında bir basamaklık irtifa farkı bulunan iki bölümden oluşan genişçe bir odaydı. Girdiğimiz üst bölümde; üzeri, boyutu leblebiyle düdüklü tencere arasında değişen, aklınıza gelebilecek aşağı yukarı her şeyle dolu bir masa ve çevresinde birkaç sandalye vardı. Aşağı bölümde de bir yer minderi ve onun etrafında, biraz önce aklınıza gelmeyen bir şey kalmışsa onlar vardı. Özgür, masanın üstündeki açık bir bilgisayar kasasının içine düşmüş bir parça pizza buldu, ağzına attı.

Masanın bir köşesi, deney tüpleri, minik bir ocak ve adını bilmediğim türlü çeşitli zımbırtıyla küçük bir kimya laboratuvarına benziyordu. Özgür oradan içinde yeşil bir sıvı olan bir tüp ve bir damlalık aldı, damlalığı sıvıya daldırdı, bir miktar aldı, damlalığı bana uzattı, "Burnuna çek," dedi.

"Abi, ben hiç girmesem o işlere, biliyorsun durumum sakat zaten."

"Biliyorum, bana mı anlatıyorsun! Merak etme, bir şey olmaz. Bunu kesin denemen lazım," dedi gülerek.

Yasemin arkada bir koltuğa oturmuştu, dönüp ona baktım, heyecanla başını salladı.

Sandalyelerden birine oturdum. Burnuma bir damla çektim. Birkaç saniye durduk öyle.

"Evet, ne hissediyorsun?" dedi Özgür.

"Bilmem, pek bir şey olmadı. Bir gevşeme hissi gibi bir şey var, çok hafif."

Özgür gülümseyerek başını sallıyordu.

"Hmm," dedim, "bir serinlik geldi sanki, çok belirgin değil ama..."

Özgür "Ya bismillah," dedi, yanağıma okkalı bir Osmanlı tokadı yapıştırdı. Oturduğum sandalyeyle birlikte yere yuvarlandım. O anki hissi nasıl anlatsam, yanağımda, yani vurduğu yerde gül bitti desem yeridir. Yanağım bir cinsel organa dönüşmüştü sanki, bütün vücudum, oradan yayılan bir orgazm dalgasıyla titredi. Kontrol edilemez şekilde kıkırdıyordum.

Özgür, kendisi de bir damla çekti, ardından var gücüyle masaya kafa attı. Bir kaşı patladı, oradan akan kan yüzünden süzülüp çenesinden damlarken, kahkahalarla gülmekteydi. Bu haliyle cehennemden çıkmış gibi görünüyordu. Tüylerim diken diken oldu, korkudan değil, heyecandan.

"Yaa ben de istiyorum," diye mızmızlandı Yasemin.

"Saçmalama kızım, ağzın burnun dağıldı baksana. Bir şey değil, tutuklatacaksın beni."

"Abi, bu acayip tehlikeli bir şey yalnız," dedim. "İnsan fark etmeden kendini öldürebilir bile."

İlacın etkisi geçmeye başlamıştı, yanağım hafiften sızlıyordu.

"Evet, farkındayım," dedi Özgür. "Fazla takılmamak lazım, haklısın, ama insan kendini alamıyor. Bu kız müptelası oldu mesela."

"Nesi oldum?" dedi Yasemin.

"Müptelası. Bağımlısı yani. Tokat manyağı oldun, başka bir deyişle."

"Ya hayır, öyle bir şey yok yani. Ben çok zevkli diye şey ediyorum, yoksa istemesem almam yani."

"Ben de onu diyorum. Neyse, kendini toparlayana kadar sana yok. Şu şişlikler insin önce."

"Başka şekilde olmuyor mu peki," diye sordum. "İğne falan batırarak mesela?"

"Yok abi, surata inen darbe gibisi yok. Sinir uçlarının yoğunluğundan olsa gerek. Gel oturalım şöyle."

Alt bölmedeki yer minderinin üstüne oturduk. Yasemin de geldi arkamıza yattı.

Özgür, minderin yanındaki, görüntü itibarıyla çöplüğü andıran ama belli ki işe yarayan zımbırtılarla dolu yığının içine elini daldırdı, bir portatif ayna, ameliyat iğnesi, ipliği, antiseptik olması muhtemel bir ilaç şişesi ve bir parça pamuk çıkardı.

"Eee, anlatsana, nasıl buldun burayı?"

"Önce Dilara'yı buldum."

"Kimi?"

"Dilara. Senin kız arkadaşındı bir ara."

"Öyle mi? Hatırlamıyorum."

"Hatırlamıyor musun? Allah Allah."

"Benim kız arkadaşım olduğuna emin misin?"

"Evet. Ya da dur bakayım, emin değilim aslında. Neyse, onun bir faydası olmadı zaten. Sonra senin arada uğradığın torbacı geldi aklıma, Nadir..."

"Nadir Abi kaydı maalesef."

"Evet, biliyorum, tanıştım kendisiyle. Onun apartmanındaki bir çocuk seni tanıyor, o söyledi yerini."

"Ha, Soner... Vay pezevenk! Kimseye söyleme demiştim," deyip güldü. Bir yandan konuşuyor, bir yandan da kaşını dikiyordu.

"Abi, neyse, boş ver onu da, çok acayip bir şeyle uğraşıyorum, olursa dünyayı bambaşka bir yer haline getirecek, yemin ediyorum."

"Bu yeşil zımbırtıdan bahsetmiyorsun değil mi?"

"Yok, o işin yan ürünü oldu o. Zevk almayı engellemeye çalışırken, beynin acıyı zevk gibi algılamasına neden olan bir şey yaptım yanlışlıkla," dedi, kahkahayı bastı. Sonra devam etti: "Hocam, asıl iş şu: ARDS'ye karşı bağışıklık sağlayan bir ilaç buldum. Daha doğrusu bulmak üzereyim. Biraz daha test etme şansım olsa şimdiye hazır olurdu ama denek bulmak bu şartlarda biraz zor."

"Neden bu şartlarda yaşıyorsun? Hastanedeki iş ne oldu?"

"Kovuldum. Önemli değil. Bu şekilde daha verimliyim, her şey kontrolüm altında."

"Neden saklanıyorsun peki? Arıyorlar mı seni de?"

"'Seni de' mi? Niye öyle dedin, seni de mi arıyorlar?"

"Evet, annemin evini birkaç kez yokladılar."

"Neden?"

"Bilmem."

Sustu, çenesini kaşıdı. "Öğrendiler demek."

"Herhalde."

"Neyi öğrendiler?" dedi Yasemin. İkimiz de sustuk.

"Şu ilaçtan bahsetsene," diye bozdum sessizliği.

"Ha evet, ilaç... Abi, insanı hastalığı kapmaya götüren şey nedir? Yani, birisi karşında saçmalarken onu neden dinlersin?"

"Kibarlıktan?"

"Yok be hocam, meraktan. Yani tanımadığın biri gelip sana abuk sabuk bir şey söylese, hasta olduğundan şüphelenirsin ve hemen kaçarsın. Ama tanıdığın biri sana bir şeyler anlattığında, şimdi benim sana anlattığım gibi, sonu nereye varacak diye merak ediyorsun. Abuklamayla karşılaşsan bile onu teşhis edemiyorsun çünkü merak duygusu baskın çıkıyor." Yığının içinden birtakım kâğıtlar çıkardı. "Hastalığı kapanların %80'den fazlası, yakından tanıdığı birinden kapıyormuş, bunu biliyor muydun? Yani kalkanlarını indirdiğin anda, abuklamayı teşhis edemez oluyorsun. Neden?"

"Hmm, bilmem, güveniyorsun belki."

"Evet, başta güvendiğin için dinliyorsun. Ama bir noktada abukladığını fark edip, hastalığı kaptığından şüphelenmen lazım. Ama o aklına gelmiyor, dinlemeye devam ediyorsun. Bir laf seni yakalıyor, oradan yola çıkıp konuşmayı takip etmeye çalışıyorsun ve sana yavaş yavaş anlamlı gelmeye başlıyor. ARDS beynine ilk girdiği andan itibaren, hızla yerleşiyor. Bunu tetikleyen de sendeki merak duygusu. Daha doğrusu öğrenmekten aldığın haz. Öğrenirken salgıladığın dopamin de diyebiliriz." Elindeki kâğıtları karıştırıyordu bir yandan, aradığı şeyi buldu. "Bak bunu internette buldum. Rusya'nın Kazan kentinde bir klinikte çalışan bir elemanın notları."

"İnternet kapalı değil mi?"

"Ne?"

"İnternetten buldum dedin ya! İnternet kapalı değil mi?"

"Ha ha ha! Kapalı, evet. Nasrettin Hoca'nın türbesi misali. Servis sağlayıcıları kapattılar ama aradaki hatlar durduğu sürece bir şekilde bağlanıyorsun. Senin daha iyi bilmen lazım aslında."

"Abi, daha önce de demiştim sana, ben kendi alanımda yazılım geliştirmekle uğraştım, bilgisayarın orasından burasından anlamam. Özellikle de internet, ağ falan meseleleriyle hiç alakam olmadı. Bazı işler hâlâ yürüdüğüne göre bir şekilde bilgisayarları birbirine bağlayan bir yapı duruyor olmalı diye düşünmüştüm ama çok fazla kafa yormadım açıkçası. Doğrusu, o kadar zamandır annemin güvenlikli sitesinden çıkmadan yaşıyorum ki, televizyondaki hayatla gerçek hayatı birbirinden ayırt edemiyorum herhalde."

"Tabii, eskisi gibi, gogullayıp her şeyi pat diye bulamıyorsun. Biraz daha uğraşman gerekiyor aradığın şeye ulaşmak için. Ama sonunda ulaşıyorsun."

"Burada var mı internet?"

"Yok. Kaldığım yerden bağlanmak pek akıllıca değil. Kimsenin izini süreceğini sanmıyorum ya, her ihtimale karşı anonim kalmak daha iyi." Elindeki kâğıda döndü tekrar. "Bu herifler, klinikte, oraya başka nedenlerle gelmiş yoksul insanlar üzerinde testler yapıyorlar. Doktor kılığına soktukları ARDS hastalarını üzerlerine salıyorlar." Bir kahkaha attı, sonra devam etti. "Zavallı adamlar, doktor kılığında birini gördükleri için güveniyorlar haliyle. Dinlemeye başlıyorlar. Doktor kılığındaki abuk, anlatıyor da anlatıyor. Hiçbiri kaçmıyor. Hiçbiri şüphelenmiyor. Hepsi kuzu kuzu dinliyorlar. Bu arada bizim eleman beyin ve hormon aktivitelerini izliyor." Üzerinde grafikler olan başka bir kâğıt aldı eline. "Bak burada test sonuçlarını vermiş. Beynin öğrenme merkezleri ışıl ışıl yanıyor ve dopamin salınımı acayip artıyor. Hastalıktan şüphe duymak aklına gelmiyor, çünkü o sırada hayatın anlamını idrak etmekle meşgul. Öğrenmekten aldığı hazdan sarhoş." Bir kahkaha daha attı.

"Çok ilginçmiş. Sen bu mekanizmayı bloke etmeye çalışıyorsun o zaman."

"Evet, öğrenmekle bağlantılı dopaminerjik aktiviteyi durdurmaya çalışıyorum. Bayağı bir yol kat ettim ama yeterli test imkânı yok. Rusya'ya gideyim diyorum. Orada karantina olayını falan kaldırdılar biliyorsun. Komple saldılar yani. Her şey serbest."

"Böyle bir ilacı nasıl denersin ki?"

"Bu elemanın denediği şekilde olur ancak. Doktor kılığındaki hastaların karşısına ilacı almış ve almamış grupları koyarsın ve sonuçlara bakarsın. Benim burada yapabileceğim bir şey değil. Herife birkaç kere yazdım zaten ama 'çok meşgulüz, ilgilenemeyiz' gibi cevaplar geliyor. Gidip karşısına çıkmanın etkisi farklı olur. Rusça öğreniyorum bu arada, acayip güzel bir dil, çok şiirsel."

"Peki bu bulgulara ulaştılarsa, senin yapmayı düşündüğün ilacı da şimdiden geliştirmiş olmaları beklenmez mi? Yani, senin aklına gelen şey onların aklına gelmiyor mu?"

"Aklına gelmesi ile yapabilmek arasında büyük bir fark var hocam. Akıllarına gelse de yapmak için yeterli becerileri yok. Senin aklına da zaman makinesi yapmak gelebilir mesela ama yapabilir misin?"

"Peki, öğrenmekten alınan hazzı engellersen, insan nasıl bir canlıya dönüşür? Düşünüyorum da, insanı insan yapan öğrenme becerisi değil mi? Bunu sağlayan da öğrenmenin verdiği haz olsa gerek. Onu da kaldırırsan, insan hiçbir şey öğrenmez olur. O zaman böceklerden bir farkı kalmaz."

Güldü, "Evet, o yüzden dünyayı değiştirecek bir şey dedim ya," dedi. "Aslında tam olarak dediğin gibi değil. Yani ilacı sürekli kullanmak zorunda değilsin, sadece hastalığa maruz kalma ihtimalin olan zamanlarda kullanırsın, diğer zamanlarda da normal hayatını sürdürürsün. Mesela sokağa çıkacağın zaman alırsın. Düşünsene, sokaklar hiçbir şeyi merak etmeyen, hiç sağa sola bakmadan robot gibi yürüyen insanlarla dolacak. Eski bilimkurgulardaki gibi... Süper bir şey olmaz mı?"

Özgür, yapmak üzere olduğu müthiş buluşu hakkında ciddi mi, dalga mı geçiyor, anlamakta zorluk çekiyordum. Motor gibi konuşuyordu. İki cümlede bir kahkaha atıyordu. Her zamankinden daha enerjik görünüyordu. Aldığı maddelerin etkisi mi, yoksa bilimsel yaratıcılığın verdiği coşku ve yaşama sevinciyle mi oluyor bilmiyorum, ama bana iyi gelmişti. Kendimi yıllarca sürmüş bir kış uykusundan çıkmış gibi hissediyordum.

Sohbet epey bir süre devam etti. Daha çok Özgür anlatıyor, ben dinliyordum. Kesinlikle benden daha çok anlatacak şeyi vardı. Yasemin arkamızda uyumuştu.

Ona Behzat Abi'den ve Osmanlıca haykırışlarından bahsettim. Birkaç kere uzun uzun hımladı, bir ara "evet" diye ünledi bir şey bulmuş gibi, sonra "yok yok" dedi, tekrar düşüncelere daldı. Sonunda "aklımda bir çözüm var ama birkaç şeye bakmam lazım," dedi. Bir yerlerden bir laptop çıkardı, onu kurcalamaya başladı.

Yer minderine sırtüstü bıraktım kendimi. Yanımda Yasemin yatıyordu, şişliklerin arkasından bile görülebilen bebeksi yüzünü izledim bir süre, sonra uykuya daldım.

Bağcılar'da Kemik Sesleri

10

Kısa süreli ama derin uykumdan Özgür'ün ısrarlı dürtüklemeleriyle uyandım.

"Kalk hadi, süper bir yere gidiyoruz."

"Cüce dövüşü," deyip neşeyle ellerini çırptı Yasemin.

Özgür, elimden tutarak kaldırdı beni. "Bağcılar'a gidiyoruz, cüce dövüşü izlemeye. Allahsız cüceler öyle bir girişiyorlar ki birbirlerine... Görmen lazım."

"Bağcılar karantina bölgesi değil miydi?"

"Evvet." Ellerini yağmur duası yapar gibi havaya kaldırdı, "Karantinaaa" diye bağırdı. Karşımda, tarafsız bir gözlemcinin deli diye nitelemek için fazla tereddüt etmeyeceği bir adam, eğlenmek için karantina bölgesine gitmekten bahsediyor ve ben önerisini ciddiye alma eğilimindeyim. Kendime şaşıyorum. Yine de bakışlarımda şüphe ile dehşet arasında bir yerde durduğunu tahmin ettiğim bir ifade olsa gerek ki açıklama yapma gereği duyuyor:

"Hiç merak etme, çok rahat giriş-çıkış yapabileceğimiz yerler var. Karantina lafın gelişi, buradan pek bir farkı yok."

Kalktım. Yasemin bambaşka bir kılıktaydı. Saçlarına bir tülbent bağlamıştı, üzerinde lacivert, desenli bir basma elbise vardı. Bu haliyle Balkan çingenelerine benziyordu.

"Bu arada Behzat Abi'nin durumu üzerine düşündüm," dedi Özgür. "Osmanlıca haykırışları tetiklememiz gerekiyor mümkün olduğunca. Bence kafasının içinde gerçek benliğiyle hastalığın oluşturduğu benlik bir çatışma halinde, ikisi birbirini kilitlediği için normalde hiç ses çıkaramıyor. Ama arada gerçek benliği bu kilidi kırmaya çalışıyor ve bunu da Osmanlıca nâralar halinde duyuyoruz."

"Kilidi kırmaya çalışanın gerçek benliği olduğunu nereden biliyorsun? Hasta benlik de olabilir, öyle değil mi?"

"Bilmiyorum tabii, ama Osmanlıca kelimeler, önceden tanıdığımız Behzat Abi'ye de yakıştırmayacağımız şeyler değil. Divan edebiyatını çok severdi, hatırlarsın, sık sık ezberden beyitler okurdu."

"Bu bir şeyi kanıtlamaz. ARDS'nin yarattığı abuklama hali de kişinin sözcük dağarcığından bağımsız bir şey değil. Kimse ARDS'ye yakalandıktan sonra mesela Japonca abuklamaya başlamıyor. Kendi bildiği dil neyse abuklamaları da aynı dilde. Kendi bildiği dil derken de bir açıdan bildiği kelimelerin kümesini kast ediyoruz aslında. Sağlıklıyken bolca Osmanlıca kelimeler kullanan birisinin, abuklarken de aşağı yukarı aynı kelimeleri kullanması beklenebilir."

"Evet, haklısın. Haykırışların gerçek kişiliğine ait olduğuna dair hiçbir kanıtımız yok. Ama başlamak için bir nokta bence. Haykırışları bastırmaya çalışır ve başarırsak, sessiz haline geri döndürmüş olacağız, ki o da çok da özenilecek bir hâl değildi. Ama diğer türlü bir bilinmeze yelken açacağız. Çözüm bildiğimiz alanlarda olmadığına göre, belli ki bilmediğimiz alanlarda."

"Peki onu nasıl yapacağız?"

"Var aklımda bir şeyler, konuşuruz. Hadi çıkalım şimdi, dövüşü kaçırmayalım."

Yasemin'le geldiğimiz yoldan, birer dakika aralıkla çıktık. Önce Yasemin, sonra ben, sonra Özgür. Hava iyice kararmıştı. Dışarısı, gündüz olduğundan da tekinsizdi. Sanki derinden bir uğultu geliyordu.

Bir sokak ileride üçümüz tekrar bir araya geldik. "Nasıl gideceğiz?" diye sordum Özgür'e. Eliyle biraz ilerimizde duran fiyakalı beyaz bir Audi'yi işaret etti. Bunu hiç beklemiyordum doğrusu.

Arabaya yerleştik bir güzel. Yasemin direksiyona geçti, ben yanına oturdum, Özgür de arkaya. Araba, bir tür dokunulmazlık sağlayan bir araç. Önceden de belki biraz öyleydi, ama salgının altüst ettiği dünyada, serbestçe hareket etmenin, yanlışlıkla hasta diye yakalanıp ortadan kaybedilme korkusu yaşamadan bir yerden bir yere ulaşabilmenin en sağlam yolu. Güvenlik güçleri, özel arabalara pek dokunmuyor. Çok belirgin bir nedene dayanmıyor ama arabayla yolculuk edenler sağlıklı kabul ediliyor. Hastaların araba kullanamaması gibi bir durum yok halbuki. Sadece, araba kullanmakla pek ilgilenmedikleri söylenebilir. Daha doğrusu arabayla yapılacak bir yolculukla ilgilenmiyorlar. Sanırım bu veriyi yeterli kabul etmişler, sonuçta günlük hayatın sürebilmesi için bazı kanalları açmak zorundalar.

Ben ise, hiçbir zaman iyi bir sürücü olmamıştım zaten, ama tedavi sonrası araba kullanma gibi bir aktivite benim için iyice imkânsızlaştı. Hızlı karar verme zorunluluğu başlı başına hipertermiyi tetikleyen bir şey. Araba kullanmaya kalkışırsam, herhangi bir yol ayrımında ya da köşe başında kararsızlık krizine girip havale geçirmem işten bile değil. O yüzden uzak duruyorum. Başka pek çok şeyden uzak durduğum gibi.

Yollar bir keşmekeş ama Yasemin sert manevralar ve kornalarla, gerektiğinde sinkaf dağarcığından seçmelere de başvurarak ilerliyor, doğrusu bayağı da iyi iş çıkarıyor. Dura kalka Güngören'e kadar geldik. Karantina bölgesine girmek için, bir kapalı otoparkın girişinde durduk. Özgür arka camı açıp kapıda duran adama selam verdi. Adam bariyeri kaldırdı, girdik. Döne döne alt kata indik. Oradan arkadaki binanın altındaki otoparka geçtik, oradan çıktığımızda karantina bölgesindeyiz.

Karantina bölgesi dışarıya göre daha sakin görünüyor. Etraf bayağı karanlık, ortalıkta fazla insan yok. Yollarda tek tük arabalar var; bunların içinde sağlıklı insanlar mı var diye merak ediyorum. Bu arabayla karantina bölgesi içinde dikkat çekeceğimizi düşünüyordum ama sokaktan geçenlerden bizimle ilgilenen yok. Kimsenin birbirine bakmaması konusunda gizli bir anlaşma var sanki. Etrafa salak salak bakan bir tek ben varım herhalde.

Özgür arkadan litrelik bir şarap şişesi uzattı. "Yok," dedim, "ben almayayım." Yasemin aldı, epey bir kısmını yuvarladı. Bana tekrar uzattı. "Götür hocam, bir şey olmaz," diye araya girdi Özgür. Alkolün yaratacağı belirsizlikten endişe duysam da, şu andaki gerginliğime iyi gelecekti herhalde. Ben de aldım hatırı sayılır bir yudum.

Yola devam ettikçe arabayla ilerlemek daha zorlaşıyordu. Etraf yıkılmış binalarla doluydu, bazı yollar yıkıntılarla kapanmıştı. Girdiğimiz bir sokakta, devrilmiş bir kamyon, geçişi engelliyordu. Yasemin geri geri çıktı, başka bir yol aramaya koyuldu. "İki sokak ileriden sağa gir," dedi Özgür. O sokak da benzer durumdaydı. Yasemin arkaya döndü: "Ne yapacağız?"

"Burası açıktı geçen sefer," diye bana açıklama yaptı Özgür. "İnip yürüyeceğiz mecburen, yaklaştık sayılır zaten. Arabayı caddeye bırakalım yalnız, biz dönene kadar kapatmasınlar arkasını."

"Arabayı burada bırakmak güvenli mi?" diye sordum.

"Arabaya bir şey olmaz hocam," dedi Özgür. "Sen kendini kolla."

Şarap şişesini aramızda dolaştırarak yürüdük. Biraz daha kalabalık bir muhite geldik. Gözleri kapalı halde ayakta duran, kendi çevresinde dönen, dudaklarını kırpıştırarak başını bir sağa bir sola çeviren, yere kapaklanmış ya da öne eğilip ellerini dizlerine dayamış öylece duran abuklardan oluşan dağınık kalabalığın arasından geçtik. Kendi aralarında hararetle tartışanlar, itişip kakışanlar da vardı ama bize pek bulaşan yoktu. Sadece bir ara, bir çocuk, seyyar satıcı gibi yanımıza yaklaşıp, yuvarlak kıçımızdan memnun olup olmadığımızı sordu. "Memnunuz," diyerek geçiştirdik. Aslında önereceği kayda değer bir alternatif var mıydı, insan merak etmiyor değil.

Harfleri kısmen dökülmüş tabelasından bir zamanlar "Kulüp Kuala Lumpur" olduğu anlaşılan (Kulampara olamayacağını varsayıyorum) bir yerin önüne geldik. Kapıda duran adam bir oğlan çocuğunu tartaklamaktaydı. Simsiyah saçlı ve bıyıklı, üzerine bol gelen bir takım elbise giymiş biri. Özgür seslendi:

"Durrah, n'aber?"

"Vay, Özgür kardeşim, hoş geldin," dedi, çocuğu bıraktı, Özgür'e sarıldı. Çocuk anında sıvıştı.

"Başladı mı dövüşler?"

"Biri bitti bile. Birazdan bir tane daha başlayacak."

Durrah, Özgür'ün koluna girdi, onu on metre kadar ileri götürdü. Fısır fısır bir şeyler konuşmaya başladılar. Biz, Yasemin'le kapının önünde kaldık. Ona baktım. O da bana baktı. Öyle bakıştık bir süre. "Durrah," dedi, "Abdurrahman'ın kısaltması." Güldü. Ben de güldüm.

Özgür, Durrah'la muhabbeti uzatıyordu. Bir meseleyi çözmeye çalışır gibi bir halleri vardı. "Biz girelim madem," dedi Yasemin. Girdik. Bir merdivenden alt kata indik. İki kanatlı süslü bir kapıdan geçtik. İçerisi ana baba günüydü. Kızartma yağı, çürümüş soğan ve çiş esanslarının seçilebildiği, her burnun kaldıramayacağı bir koku ortama ağırlığını koymuştu.

Ona bağırtılar, hırıltılar, haykırışlar, hönkürüşler ve sanırım eski bir arabesk şarkıya endüstriyel ritimler eklenerek yapılmış bir müzikten oluşan korkunç bir gürültü eşlik ediyordu. Ani bir refleksle geri dönüp kendimi dışarı atmaya yeltendim, Yasemin beni tuttu, "Gel şöyle gidelim," dedi. İçlere doğru ilerledik.

Biraz ilerde, boks ringi gibi düzenlenmiş, tabanı ışıklı panellerden oluşan bir pavyon sahnesi ve çevresinde sabırsızca cüce dövüşü bekleyen bir kalabalık vardı. Her yandan rengârenk spotların ışığı geliyordu. Fenalık geçirmek üzereydim. Özgür ortaya çıkıp bana dolu bir viski kadehi uzatmasaydı geçirecektim de. Bu ortama dayanmak ancak alkol desteğiyle mümkündü.

Birazdan cüceler gürültülü tezahüratlar eşliğinde sahneye çıktılar. Özgür, "Hadi bahis yapalım, seç birini," dedi bana.

"Ne gerek var?"

"Hadi hocam, birini tutunca izlemesi daha zevkli oluyor."

İki dövüşçüye şöyle bir baktım. Biri biraz daha uzundu ama diğeri daha kaslı görünüyordu. Bu durumda hangisinin avantajlı olduğu konusunda fikir yürütemiyordum. Biri gözüme biraz daha sevimli göründü, uzun olan. Gerçi sevimlilik ikisinin de güçlü yönü değildi ama öbürü iyice şeytan gibiydi.

Özgür, cebinden bir tomar para çıkardı. Tomarın kalınlığına inanamadım. Ortalıkta dolaşıp para toplayan bahisçiyi buldu, yanına gitti. Bir şeyler konuştuklarını ve parayı bahisçiye verdiğini gördüm.

"Bire bir buçuk veriyor," dedi döndüğünde.

"Bütün o parayı bahse mi yatırdın?"

"Hee."

"Nasıl? Ama neden?"

"Problem yok hocam, para derdini çözdük. Sen dövüşe odaklan."

Viskinin kalanını yuvarladım. Nereden çıktığını anlayamadığım bahisçi bir anda karşımda belirdi. Pis pis gülerek elimdeki boş bardağı aldı, dolusunu verdi.

Dövüş başladı. Yanımdaki iki arkadaş her ne çektilerse artık, bu her açıdan seviyesiz gösteri ikisini de çocuklar gibi eğlendiriyordu. Onların kafasına erişmem mümkün değildi, bolca viskiyle biraz daha yaklaşabilirdim ancak.

Dövüşçüler, yumrukları birbiri ardına indiriyorlardı. Sık sık da biri yere düşüyordu ama saniyesine kalmadan kalkıyordu tekrar. Bu boyda insanlar için düşmek o kadar da travmatik olmuyor. Bir ağır siklet boksörünün çöken bir gökdelen gibi yere yığılmasına göre gayet sıradan bir hadise. Zaten ayaktayken de yere bayağı yakın olmalarından herhalde, düşmek onlar için küçük bir değişim.

Epeyce uzun süren ilk raundun sonuna gelindiğinde hâlâ bitirici hamle gelmemişti ve ben gayet sıkılmış haldeydim. Dövüş izlemeyi seven bir insan olmadım hiç ama buraya sürüklenmiştim ve hiç olmazsa biraz daha dramatik bir gösteri izlemeyi bekliyordum. Oysa karşımızda birbirlerini öldüresiyle yumruklayıp tekmeledikleri halde hâlâ zımba gibi görünen iki küçük adam vardı.

Özgür ile Yasemin ikinci raundu daha bir heyecanla bekliyorlardı. Özgür, "Asıl şimdi izle hocam," dedi. Bir sonraki raund için ringe çıktıklarında, cücelerin elinde aşağı yukarı kendi boylarında birer kalas vardı. Zilin çalmasıyla birlikte giriştiler birbirlerine. İlk etkili darbeyi bizimki indirdi. Ardından diğeri karşılık verdi. Dövüş devam ettikçe, yerdeki ışıklı panellerin üstüne sıçrayan kan miktarı da artıyordu. Bizim cücenin rakibinin bacaklarına doğru giriştiği saldırıyla, diğeri dizlerinin üstüne düştü, ardından sırtına inen darbeyle yüzüstü yere serildi, hareketsiz kaldı. Kalaslar sonucu getirmişti. Daha doğrusu biz öyle sandık, çünkü bizim (nispeten) sevimli cüce, zafer sarhoşluğu içinde, seyircileri selamlarken, sevimsiz cüce arkasında ağır ağır doğruldu ve saldırıya geçti. Bizimki, hazırlıksız yakalanmasına rağmen ilk iki darbeyi savuşturdu. Ama üçüncü darbe bileğine geldi ve kalası elinden düşürdü. Sevimsiz olduğu kadar acımasız da olan diğer cüce, bir sonraki hamlede kalası, savunmasız kalan rakibinin alnının ortasına indirdi. Ortamdaki bütün o gürültüye rağmen kafatasından gelen çatırtı mekânın her köşesinden duyuldu. Bizimki sırtüstü yere yığıldı. Bir kişi ringe girdi, ellerinden tutup sürükleyerek mağlup ve belki de merhum cüceyi ring dışına taşıdı. Şimdi zaferini kutlama sırası sevimsiz cücedeydi. Bizim paralar da gitmişti bu arada tabii. Özgür'e baktım, manyakçasına gülüyordu.

İçkim bitmişti. Yenisini bulmak için çevrede dolanmaya başladım. İçerideki yüzlerce kişinin çoğunun cüce dövüşüyle ilgilendiği yoktu. Hangilerinin hasta hangilerinin sağlıklı olduğunu ayırt etmeye çalışıyordum çevreye bakınırken. Boşuna bir çaba. Uzuneşek oynandığını düşündüğüm bir köşeye doğru seğirttim. Yaklaşınca öyle olmadığını anladım. Gerçekten de birbirinin üstüne çıkmış bir grup insan vardı ama herhangi bir oyun oynamıyorlardı, hafif hafif salınıyorlardı sadece. İçecek bir şeyler aranmaktaydım ama mekânda bar ya da ona benzer bir şey yoktu. Biraz önce bana viski veren bahisçi de ortalıkta görünmüyordu. Bir köşeye bırakılmış bira kasaları ve içinde dolu bira şişeleri buldum. Biralar sıcaktı ama hiç yoktan iyiydi. Bir tanesini açıp bir yudum almıştım ki, adamın biri yakama yapıştı, "Bilanço lafını hakaret kabul ederim," dedi. Ne diyeceğimi bilemedim, ekşi ekşi sırıttım. Beni bıraktı, başka tarafa doğru gitti.

Bir şişe birayı orada yuvarlayıp, başka bir şişe aldım. Geldiğim yoldan dönüşe geçtim. Bir ara, bir kapı eşiğinde iki adam gözüme takıldı. Minik bir şişeden damlalıkla burunlarına birer damla çektiler sırayla, bütün güçleriyle kafa kafaya tokuştular ve kahkahalara boğuldular. Özgür'ün acıyı bal eyleyen ilacı olmalıydı bu. Buraya kadar yayılmıştı demek.

Geri döndüğümde Özgür ve Yasemin, bir grup abukla birlikte deli deli dans ediyorlardı. Nasıl oldu bilmiyorum ama ben de katıldım aralarına.

Sonrası muğlak.

Sürekli birileri elime içki tutuşturuyordu ve oradan oraya sallanıyordum. Bir veya birkaç tane daha cüce dövüşü oldu biz oradayken ama fazla ilgilenmedik. Bir abukla hakikatin muntazamlığı üzerine bir tartışmaya girdim ama neyse ki ne dediğini anlamayacak kadar sarhoştum. En son, arabayla karantina bölgesinden çıkmaya çalışırken birkaç kez sağa sola çarptığımızı hatırlıyorum. Sonunda, bir şekilde Özgür'ün Peşkeş Otel'deki sığınağına ulaşmayı başardık.

Yer minderine yan yana serilip sızdık.

11

Tuhaf, rahatsız bir uyku uyudum, rüyalara dalıp çıktım. Çoğunu hatırlamıyorum. Şu kıvırcık saçlı kız vardı, Şule. Birlikte bir karantina bölgesindeyiz. Bağcılar değil, başka bir yer... Ben açlıktan ölme korkusu içindeyim. Yerde bulduğum birtakım yabani otları koparıyorum ve yiyorum. Şule, zehirli olabilecekleri konusunda uyarıyor beni. Gerçekten de zehirli oldukları anlaşılıyor, başım dönüyor, midem bulanıyor, kendimden geçecek gibi oluyorum. Şule beni başka bir yere götürüyor. Bir odada kanepenin üstünde yatıyoruz. Oda bir balkona açılıyor. Balkon kapısı açık, kapının önünde asılı tül perde rüzgârla salınıyor. Ben Şule'nin göğsüne başımı dayamışım. Ama bir anda Şule'ye göre çok küçük olduğumu fark ediyorum. Bayağı küçüğüm, Şirin Baba gibiyim. Yani rengim normal ama boyut olarak Şirin Baba boyundayım, üst üste üç elma kadar. Şule'nin üstü çıplak. Memeleri büyük, ben memelerinin arasına gömülmüşüm, Şule beni göğsüne bastırmış, yukarı-aşağı hareket ettiriyor. Memeleri gerçekte pek büyük değil halbuki, A bedenden fazla değildir. Tabii karşılaştığımız kısacık zamanlarda memelerinin büyüklüğüne dikkat etmiş olmaktan dolayı utandım şimdi ama ne yapabilirim, damarlarımda hâlâ testosteron dolaşıyor.

Görkemli bir ereksiyonun etkisiyle uyandım. Yanı başımda Yasemin yatıyordu, başını bir eline dayamış beni seyrediyordu, diğer eliyle de aletimle oynamaktaydı. "Maşallahın varmış," dedi gülümseyerek.

Şaşkınlıktan ne diyeceğimi bilemedim. Lacivert basma elbisesinin eteğini yukarı doğru sıyırdı, külodunu çıkardı, üstüme çıktı, güzelce yerleşti. Gözlerim Özgür'ü aradı odanın içinde ama ortalıkta yoktu. Yasemin çenemden tutarak yüzümü kendine doğru çevirdi. Üzerime eğildi. Sapsarı saçları üzerime döküldü. Gidip gelmeye başladı. Onun saçlarından kurulu bir çadırın içindeydik şimdi, yaralı ve güzel yüzüne bakıyordum. Kısa sürede boşalma noktasına geldim. Kendimi tutmaya çalıştım ama kontrol Yasemin'deydi. Ölçüsüz bir böğürme eşliğinde boşaldım. Yasemin'den de, kısa ama şehvetli bir "ah" sesi çıktığını duydum. Kendini üzerime bıraktı. Öylece yattık bir süre.

Birazdan kalktı, toparlandı, "Borcun yirmi beş bin lira," dedi arkası dönükken. Sonra yüzünü döndü, "Şaka şaka," dedi, çapkın bir gülücükle.

Ben de kalktım. Özgür, odanın üst kısmındaki masadaydı, dizüstü bilgisayarına odaklanmıştı. O tarafa doğru yürüdüm. Baştan beri orada mıydı? Orada idiyse de Yasemin'le yaşadığımız hızlı münasebeti pek umursamamıştı herhalde. Az önceki böğürmemi duymamış olamazdı. Gerçi Özgür'ün Yasemin'le ilişkisinin tabiatını çok da kavrayabilmiş değildim. Şu ana kadar üzerinde düşünmemiştim gerçi, ama düşününce ikisinin herhangi bir romantik bağlantısı olduğuna dair bir belirti, aralarında bir temas, sevgililere yakışır tarzda bir hareket, öpüşme, el ele tutuşma falan hatırlamıyordum. Zaten aralarında bir ilişki varsa, Yasemin'in aynı zamanda fuhuşla iştigal etmesi de biraz tuhaf olurdu. Yoksa dün gördüğüm fahişe kostümü sadece bir kamuflajdan mı ibaretti? Sevgili olsalar bile, bu olaydan dolayı suçluluk duymalı mıydım acaba? Erkek arkadaşlar arasında birbirlerinin ilgilendiği kadınlara yaklaşmama konusundaki centilmenlik anlaşmasının biraz cinsiyetçi bir tarafı olduğunu düşünmüşümdür. Altında dolaylı da olsa kadını mal gibi gören bir anlayış yok mudur? Ayrıca Yasemin'e yaklaşmış falan değildim, hatta onun, müsebbibi olmadığı bir ereksiyondan faydalandığı dahi söylenebilirdi. Gerçi kendimi faydalanılmış hissetmiyordum, tam tersi Yasemin'e aşk dolu gözlerle bakmaktaydım. Ayrıca ereksiyonumun müsebbibinin Yasemin olmadığı da tartışmalıydı. Rüyamda Şule'yi görmekteydim ama o derece erekte olmamda ve hatta erotik bir rüya görmemde Yasemin'in o sırada çükümle oynuyor olmasının da payı vardı muhakkak. Daha önce de iki kadın arasında kaldığım olmuştu ama böylesi ilk kez oluyordu.

"Düşüncelisin," dedi Özgür.

Bir an düşüncelerimi okuyor gibi geldi, tüylerim ürperdi.

"Yoo," dedim ebleh bir edayla. Özgür bilgisayarda pür dikkat çalışmaktaydı. Masanın üstünde, aşağı yukarı kâğıt para büyüklüğünde parlak renkli, desenli kâğıtlardan oluşan bir yığın vardı. Birkaç tanesini aldım elime merakla, evirip çevirdim. Bunlar resmen gıcır gıcır kâğıt paralardı. Masanın üzerinde küçük bir servet duruyordu.

"Bunlar gerçek mi?"

"Hee," dedi Özgür, başını kaldırmadan.

"Nasıl yani? Nereden geliyor bunlar?"

"Bunlar Durrah'tan."

"Ama nasıl? Niye veriyor ki sana bu paraları?"

"Eh biz de bir şeyler veriyoruz karşılığında."

Çevreme bir kez daha baktım. Deney tüpleri, mini ocaklar, tartılar, envai çeşit kimyasal madde ve bir yığın para... Belli ki bir uyuşturucu imalathanesindeydik. Nasıl daha önce anlayamamıştım!

"Senin yeşil sıvıdan mı geliyor bu para yani?"

"Yeşil sıvı mı?"

"Evet, dün gördüm gittiğimiz mekânda. İki kişi burunlarına çekip kafaları tokuşturuyorlardı."

"Hadi ya! Durrah'a vermiştim biraz denemesi için, hemen satmış demek. Yok o dalga değil, esas eyçten geliyor para."

"Eroin."

"Yes. Karantina bölgelerinde acayip gidiyor. Tabii oralarda biraz ucuza gidiyor, fazla parası olan yok. Soner'den daha iyi para geliyor aslında."

"Bunlar dışında da para var yani."

"Elbette. Bunlar kasaya sığmayanlar. Gardırobun içinde dolu kasa var, otel tipi. Daha büyük bir kasa bulmamız lazım bu arada. Bir de araba almamız lazım tabii, Audi'yi hurdaya çevirdik dün akşam."

"Soner sana eyç getirdiğini söylemişti."

"Bana eyç getirdiğini mi? Yok canım, ben ona veriyorum."

"Niye öyle söyledi o zaman?"

"Ne bileyim? Belki kaynağını ifşa etmek istememiştir."

"Yani bütün bu teçhizat eroin üretmek için aslında. Ben de hakikaten bilimsel araştırma yürüttüğünü sanmıştım."

"Hayır, tabii ki araştırma da devam ediyor. Ama bir şekilde finanse etmek lazım, değil mi?"

"Bütün bu para, araştırmayı finanse etmek için mi? Biraz fazla değil mi?"

"Rusya'ya gidip klinik açmayı düşünüyorum. Burada olacak iş değil, SMK göz açtırmıyor. Rusça öğreniyorum bu arada, acayip güzel bir dil, çok şiirsel."

"Evet, söylemiştin."

Kızgındım ama neden kızgın olduğumu ben de bilmiyordum. Özgür bildim bileli uyuşturucularla içli dışlıydı. Bu şartlar altında bu işi yapmasından daha doğal bir şey yoktu aslında. Belki onu görmediğim süre boyunca kafamdaki imgesi değişmişti, onu idealize etmiştim. Gerçekle karşılaşınca hayal kırıklığına uğramıştım.

"Sen kullanıyor musun peki?"

"Yok hocam, eyçle alakamı tamamen kestim."

"Peki başka şeyler?"

"Başka şeyler var tabii."

Ben de oturdum bir sandalyeye. Yasemin kıyafetini değiştirmiş olarak geldi yanımıza. Bu kez beyaz parlak ceket, kırmızı mini etek, ince siyah çoraplar ve kırmızı çizmelerden oluşan bir kombinasyonla.

"Ben çıkıyorum," dedi.

"Güle güle," dedi Özgür. Ben başımı salladım, bir şey demek gelmedi içimden. Yasemin eliyle bir öpücük gönderdi bana. Gülümsedim.

Yasemin çıktıktan sonra bir süre sessizce oturduk. Derin bir sıkıntı yerleşmişti içime. Annemin evinde, ayaklıklı koltuğumun üstünde ve televizyonumun karşısında olmayı arzuluyordum. Benim asıl yerim orasıydı.

"Paraya ihtiyacın varsa alabilirsin, istediğin kadar," dedi Özgür.

"Paraya değil sana ihtiyacım var."

"Ha, Behzat Abi için diyorsan, ona bakacağız."

"Behzat Abi için, benim için, başkaları için, şu dünyada yapacak, bezgin bezgin öleceğimiz günü beklemekten daha iyi bir şeyler olduğuna inanmak için."

Özgür bilgisayardan başını kaldırdı sonunda. Devam ettim söze: "Şu çığırından çıkmış dünyada yaşıyoruz ve eğer dışarıda dolaşıp, birileriyle konuşup, değişik yerlere girip çıkıp bir şeyler yapmaya devam edeceksek, bunun bir anlamı olmalı. Yani bir şeyleri değiştirmek için bir şey yapmayacaksam, neden dışarı çıkayım ki! Annemin evine kapandığımda çok daha iyisini yapıyorum. Kimseyi rahatsız etmeden yavaş yavaş ömrümü dolduruyorum. Kafamın içindeki şeytan beni anlamsızlığın hüküm sürdüğü bir evrene çekmeye çalışıyor. Ona karşı direniyorum. Ama anlaşılamayanı anlamak için çaba sarf etmeyeceksem başka herhangi bir şey için çaba sarf etmenin ne anlamı var! Oysa sana bakıyorum, sen dünya haline uyum sağlamışsın. Konduğun kabın şeklini almışsın. İdeal düzenini bulmuşsun, para içinde yüzüyorsun. Araştırma dediğin şey de hastalığa karşı bağışıklık sağlamak üzerine. Hastalığın varlığıyla bir derdin yok. Yıllarca kafa patlattığımız şeyden vazgeçmişsin. Yani bütün bu meseleyi çözmekten..."

"Bütün dünyada binlerce bilim insanının yıllardır uğraşıp çözemediği meseleyi biz ikimiz mi çözeceğiz?"

"Neden olmasın?"

"Sen bana demiyor muydun, Rusya'dakiler bu sonuçlara vardılarsa ilacı neden kendileri üretmiyorlar diye. O ilacı yapmakta bana güvenmiyorsun, ARDS'nin çaresini bulmakta mı güveniyorsun?"

"Sorun benim sana güvenmememde değil, senin kendine güvenmemende. Daha doğrusu senin esas meselenin ne olduğunu unutmanda."

"Esas mesele mi? Esas mesele falan yok. Dünya artık böyle. Bundan geri dönmeyecek. Anlamıyor musun? Tarih tersine doğru akmaz diye bir laf duymadın mı hiç? Kim söylemişti onu?"

"Ne bileyim kim söyledi! Sen uyum sağlamışsın işte, bunu söylüyorum. Sen yeni dünyanın kralı olmuşsun, neden eski haline dönmesini isteyesin?"

"Sinirlerin bozulmuş senin."

"Evet bozuldu."

İkimiz de sustuk. Masanın üstünde bir votka şişesi vardı, onu aldım. Dibi küflü çay dolu bir çay bardağını bir başkasına boşalttım. Yerine votka doldurdum. Öğrencilik günlerimden beri ilk kez, öğleden önce içki içiyordum. Özgür de bir süre hareketsiz durduktan sonra yine bilgisayar ekranına bakmaya başladı.

12

Çay bardağında votkamın sonuna gelmiştim ki elektrikler kesildi. Pencere falan olmadığından, Özgür'ün bilgisayarından gelen cılız ışık dışında tamamen karanlığa gömüldük.

"Ne oluyor?" dedim.

"Elektrikler kesildi. Telaşlanma, jeneratörüm var, birazdan otomatik olarak devreye girecek."

Bekledik ama jeneratör falan çalışmadı.

"Bir terslik var," diyerek ayağa kalktı Özgür.

Aşağıdan güm diye bir ses geldi, yerimizden sıçradık. Odanın alt kısmındaki duvarın diğer tarafından geliyordu. Birazdan, öncekinden de şiddetli bir gümleme daha geldi. Sesimizi çıkarmadan birbirimize baktık. Ne olduğunu anlamaya çalışıyorduk. Bir gümleme daha geldi, alt oda duvarının sıvaları döküldü.

"Baskın," dedi Özgür. "Senin yüzünden," dedi bana parmağını sallayarak.

"Benim yüzümden mi? Ne saçmalıyorsun?"

"Sen getirdin bunları işte. Çabuk, hemen buradan çıkmamız lazım."

Özgür aşağıdaki çöp yığınının içinden büyükçe bir çanta çıkardı. Ters çevirip içindekileri yığına boşalttı. Gardırobun içindeki kasayı açtı, oradaki paraları çantaya doldurdu. Yukarı geldi, masanın üstündeki paraları da çantaya attı. Masanın üstünden başka birtakım malzemeleri de çantaya doldurdu. En son bilgisayarını tıkıştırdı. Bu arada bir el feneri bulmuştu, onun ışığıyla önümüzü biraz görebiliyorduk.

"Çabuk," dedi. "Hadi çıkıyoruz."

Bu arada aşağıdaki duvardan gümlemeler geliyor ve dökülen sıvalarla birlikte tuğlalar da yerinden oynuyordu. Özgür, bir elinde çanta, diğerinde el feneriyle odadan çıktı, ben de peşinden. Asansör çalışmıyordu tabii, elektrik olmayınca. Holden yukarı çıkan bir merdiven vardı, üst katla arasında bir kapı vardı. Özgür kapıyı açmak için yüklendi, kapı açılmadı.

"Sıkışmış. Kim bilir ne kadar zamandır kapalıdır," dedi Özgür.

İkimiz birlikte kapıyı hunharca tekmeledik. Kapı çatırdamaya başladı, biraz daha zamanımız olsaydı kırabilecektik. Ama biz onu yapamadan, aşağıdaki duvar gürültüyle yıkıldı. Oradan odaya girdiler.

"Allah kahretsin," dedi Özgür. "Yakalandık, yapacak bir şey yok."

Aşağı indi, çantayı yere bıraktı, elleri havada odaya girdi.

"Narkotik şube," dedi en öndeki polis. Özgür'e uyuşturucu imal etmek ve satmak suçlamasıyla gözaltına alındığını nazik ama kesin bir dille bildirdi.

Ben oda kapısının dışındaki küçük boşlukta, ışık tutulmuş bir tavşan gibi kalakaldım. Hiç hareket etmezsem kimse beni göremeyecekmiş gibi hissediyordum. Bulunduğum yerden odanın içini görebiliyordum. İçeride harıl harıl bir çalışma vardı. Bir sürü insan, her yeri didik didik ediyor, bulduklarını küçük torbalara dolduruyorlar.

Özgür'ün yere bıraktığı ve içinde nereden baksan otuzkırk milyon olan çanta da iki metre önümde, en az benim kadar hareketsiz duruyordu. Bir an için, bu kalabalık çekip gittiğinde, bütün bu süre boyunca görünmez olduğumuz için kimse bizi fark etmemiş olacak ve sonunda o çantayla ben burada baş başa kalacağız gibi bir hayale kapıldım. Fazla sürmedi, bir memur gelip çantayı açtı, içine baktı, başka bir memuru çağırdı, çantayı alıp gittiler.

Özgür'ün söylediği şey kafamın içinde dönüp duruyordu: "*Senin yüzünden.*" Öyle miydi gerçekten? Beni takip ederek mi buraya ulaştılar? Ataşehir'de beni yakalamaları çok da zor değildi aslında ama beni ve annemi taciz etmekle yetindiler. Beni, oradan çıkıp Özgür'ü aramaya yöneltmek için. Ben onu bulduğumda onlar da bulmuş olacaktı. Böyle bir planın parçası mı olmuştum?

Az sonra; esmer, ufak tefek bir adam diğer memurların arasından geçerek yanıma geldi ve görünmezliğime son verdi.

"Murat Bey, değil mi? Murat Siyavuş."

Başımla onayladım.

Elini omuzuma koydu, "Lütfen benimle gelin," dedi.

O önden gitti, ben de kurbanlık koyun gibi peşinden. Duvarın yıkıntılarının arasından yandaki binanın bodrum katına geçtik, oradan yukarı kata, oradan da dışarı çıktık.

Dışarıda yarım çember şeklinde dizilmiş dört-beş polis arabası vardı. Özgür'ün, elleri kelepçeli şekilde birine bindirildiğini gördüm. Bir grup polis, içeriden topladıklarını arabalara taşıyordu. Bir kısmı da, toplanan meraklı kalabalıkla olay mahallini birbirinden ayrı tutmakla görevliydi. Kalabalığın içinde Yasemin'i gördüm. Hüzünlü bakışlarla sahneyi izliyordu. Göz göze geldik, bir saniye kadar ifadesiz baktık birbirimize, sonra döndü gitti.

Beni de polis arabalarından birine bindireceklerini düşünüyordum ama onları geçtik. Bir sokak ileriye park etmiş siyah bir minibüse doğru ilerledik. Minibüsün kapısı açıldı. İçerisi minik bir oturma odası gibi düzenlenmişti; ortada küçük bir servis masası, yanlarında karşılıklı iki sıra halinde dört koltuk... Bir tarafta yan yana oturmuş, damarlarında kan yerine sitrik asit dolaşıyormuş gibi bakan siyah takım elbiseli iki adam vardı. Bir tanesi bana karşısındaki koltuğu işaret etti: "Murat Bey, buyrun."

İçeri girdim. Beni getiren adam içerdekilere başıyla selam verip oradan ayrıldı.

"Ben Salgınla Mücadele Kurumu'ndan Ekrem Boştekin, bu da arkadaşım Haydar Dümen."

"Haydar Dümen mi?"

"İsim benzerliği," diye gürledi öbürü. Bu da, bütün bu konuşma boyunca ilk ve son kez ağzını açışı oldu.

"Peki, tamam," dedim.

"Murat Bey, size epeydir ulaşmaya çalışıyoruz ama bir türlü olmadı. Kısmet bugüneymiş."

Bana ulaşmaya çalışıyorlarmış. Sanki amaçları hayatımı karartmak değil de yeni bir kredi kartı teklif etmekmiş gibi.

"Evet, kısmet," dedim.

"Arkadaşınız için üzüldüm. Ama biliyorsunuz, uyuşturucu ticareti hâlâ ciddi bir suç tabii. Özellikle birlik ve beraberliğe en çok ihtiyacımız olan şu günlerde, kamu düzenine tehdit oluşturan bu tür etkinliklerin mazur görülmesi düşünülemez tabii."

"Öyle diyorsanız..."

"Siz uyuşturucudan suçlanmayacaksınız tabii. Emniyetteki arkadaşlarımız o konuda garanti verdiler."

"Sağ olsunlar. Ama benim zaten olayla hiçbir ilgim yok."

"Evet ama müdahale sırasında orada bulunmanız aleyhinize bir durum tabii."

Her lafın sonuna bir "*tabii*" koyarak sinirimi bozmaya çalışıyordu herhalde, ya da tabiatı sinir bozucuydu. Ama sinirlenmiyordum, sakindim. Hatta kendimi tuhaf bir şekilde çok iyi hissediyordum.

"Evet, olabilir," dedim, "ama suçlanmayacağıma göre sorun yok."

"Evet," dedi, ekşi ekşi güldü. Arkasına yaslandı. Şoföre bir işaret yaptı, kapı kapandı, minibüs hareket etti.

"Murat Bey, formalite icabı belirtmek durumundayım: Salgınla Mücadele Kanunu'nun sekizinci maddesi uyarınca, kurumumuz hastalığı taşıdığına dair şüphe bulunan kişileri süresiz olarak gözetim altında tutma yetkisine sahiptir. Sizi de bu maddeye dayanarak İkitelli'deki bölge merkezimize götürüyoruz. Verdiğimiz rahatsızlık için özür diliyoruz tabii."

"Hasta olduğuma dair bir şüpheniz mi var yani? On dakikadır konuşuyoruz, sizce abukluyor muyum?"

"Kanun maddesine göre, hastalığı taşıdığınıza dair şüphe bulunması yeterli."

"Nasıl yani? Hasta olmadığım halde hastalığı taşıdığımı mı söylüyorsunuz? Öyle bir şey mümkün mü?"

"Bilmem. Mümkün mü?"

"Bana mı soruyorsunuz?"

"Bizler olayın tıbbi boyutu konusunda derinlemesine bilgi sahibi değiliz tabii. Tanıklardan ve belgelerden alınan bilgilere göre, hakkınızda böyle bir şüphe tespit edildiği bildirildi. Biz de üzerimize düşeni yapmak zorundayız tabii."

"Tabii, tabii," dedim.

Tartışmaya girmenin bir anlamı yoktu. Çünkü gayet iyi bildiğim o kanuna göre, hastalığın varlığına dair şüphe olup olmadığına karar verecek merci de kurumun kendisiydi. Yani pratikte, kurumun yetkilisi, istediği herhangi birini, kimseden bir onay almaya gerek duymadan içeri tıkabilirdi. Süresiz olarak...

Böylece, bu uğursuz heriflerle birlikte, süresiz bir esarete doğru yola çıktım.

Seçkinler Cenneti

13

Mart ayına, İstanbul'un bir ucunda, İkitelli semtinde bulunan olağanüstü modern ve güvenlikli SMK kampüsündeki lüks hücremde girdim. Oda yeterince genişti, yatak rahattı, yemekler hiç fena değildi ve televizyon vardı. Gökte aradığım huzuru gözaltında bulmuştum.

Odanın penceresinden görünen manzara, bir devlet kurumundan çok lüks bir tatil köyünü andırıyordu. Ağaçlıkların arasından kıvrıla kıvrıla giden minik yollar, küçük dereler, onların üzerinde ufak ahşap köprüler, fıskiyeli havuzlar, daha ileride de ultra modern görünümlü yüksek binalar...

Geldiğimden beri iki kez sorguya çekildim, iki ayrı kişi tarafından. İlki, Ekrem Boştekin'den çok da farklı olmayan, devlet hizmetinde çalıştığım zamanlardan çok iyi tanıdığım, zekâsı sınırlı, adanmışlığı sınırsız memur tiplemesinin bir örneğiydi. Elindeki dosyada yazan soruları sordu, cevapları not aldı gitti. Bir sürü soru vardı ama aslında aynı şeyi farklı cümlelerle tekrar tekrar soruyorlardı: Nasıl hastalandım? Nasıl iyileştim?

SMK'nın beni aradığını ilk duyduğum zaman kararımı vermiştim. Hastalanmış olduğumu sonuna kadar inkâr edecektim. Benim hastalandığımı görmüş kişiler olabilir, içlerinde SMK mensupları da olabilir. Bununla ilgili kayıt tutmuş da olabilirler. Ama kesin bir kanıt göstermeleri mümkün değil. Benim şu andaki varlığım, sağlıklı bir adam olarak karşılarında durmam, gösterecekleri bütün kanıtlardan daha güçlü. Kişisel izlenim dışında hastalığın varlığının zaten bir kanıtı olamaz. Bir mucizeye inanmaktansa bir yanlış anlaşılma olduğunu kabullenmek onlara da daha mantıklı gelecek eninde sonunda.

Yanlış anlaşılmanın nedeni olarak da şu anki rahatsızlığımı öne sürmeye hazırlanmıştım. Aynı dönemlerde, anlaşılamayan bir nedenden dolayı teşhis edilemeyen bir hastalığa yakalandım; kafamın sıcaklığı normale ve vücudumun kalanına göre çok yüksek ve belli durumlarda aşırı yükselebiliyor. Bu da doğal olarak, saçmalamama neden oluyor. ARDS ile ilgisiz başka bir rahatsızlığım var. Ama o dönem SMK'da çalıştığım ve çevremdeki herkesin dikkati ARDS üzerine yoğunlaştığı için, bu hastalığımı ARDS sandılar. Klinikte çıkan yangından sonra herkes başka bir yöne dağıldı ve bu arada benim aslında hastalığa hiç yakalanmadığım ortaya çıktı.

Çok mantıklı. O kadar mantıklı ki ben bile inanabilirim sanki. Acaba gerçekten de böyle olmuş olabilir mi? Tabii hayatımın aşağı yukarı altı ayını hayal meyal hatırlıyor olmamı açıklamıyor. Ve tabii Derya'nın, benimle uzun bir sohbet sonrasında kendi vücudunu parçalamaya karar vermesini hiç açıklamıyor.

Gerçekten öyle olsaydı daha mı mutlu olurdum acaba? Beni özel kılan tek şeyin bir yanlış anlamadan ibaret olduğu ortaya çıksaydı üzülür müydüm?

Hayır, aslında tam tersi, üzerimden bir yük kalkardı. Beynimin içine gizlenmiş bir sır olduğu ve onun ortaya çıkmasını engelleyerek insanlığa kötülük ettiğim gibi bir histen kaynaklanan bir yük bu. Suçluluk duygusu denemez, öyle olsaydı, şimdi davrandığım gibi davranmazdım. "Açın beni, inceleyin, bende özel olan ne varsa bulun, vücudum ve beynim, bilime ve insanlığa feda olsun" derdim. Ama öyle değilim. Evrende kendi varlığımdan daha değerli bir şey olduğunu hiçbir zaman düşünmedim. Yine de küçük bir sızı var içimde, aklıma geldikçe rahatsızlık veren bir vicdan kırıntısı.

İnsanlığın geleceği için kendini feda etmeli midir insan? İnsanlığın varlığı, tek bir insanın varlığından daha değerli midir? Doğrusu arada basit bir nicelik farkından başka bir fark göremiyorum. İnsan türünün devamını sağlamak gibi bir sorumluluğumuz yok. Bazı türler, zamanı geldiğinde ortadan kalkar. Ayrıca, tarafsız bir gözle, türümüzün varlığının bu gezegeni daha güzel hale getirdiğini söylemek de pek mümkün değil.

Yaşadığımız hayata bir anlam bulmak konusundaki acınası çabamızın bizi canımızı feda etmeye götürmesinden daha zavallı bir durum düşünemiyorum. Bazılarına göre hayat, uğruna öleceğin bir şey varsa anlamlıdır. Ne kadar şiirsel! Peki uğruna öleceğin şeyin anlamını belirleyen şey ne? Onu da buldun diyelim, onu anlamlı kılan şey ne? Bu şekilde bir döngüye girersin ve sonunda varacağın yer anlamsızlıktır. Vatan için canını verirsin ama bakarsın ki aslında bir devletin sahiplerinin bazı ticaret yollarını elinde tutması falan gibi bir şey için ölmüşsündür. Devrim için canını verirsin ama eskisine rahmet okutacak birtakım zorbaların iktidarı ele geçirmesi için ölmüşsündür. Allah için canını verirsin ama her şeye gücü yeten bir varlığın neden senin canına ihtiyaç duyduğunu sorgulamayı kendine yasakladığın için ölmüşsündür aslında. Senin anlam sandığın, anlamanın bile isteye reddedilmesinden başka bir şey değildir.

Bütün bu arayış, hayatın soğuk ve renksiz asıl anlamını kabullenmekte zorluk çekmemizden kaynaklanıyor. Hayat dediğimiz şey, karbon atomunun olağanüstü bileşik kurma becerisi sayesinde haddinden fazla şişmiş sarmal şeklinde bir molekülün, hasbelkader kendini kopyalamaya başlamasından ibarettir. Hasbelkader... Tesadüfen bile değil, çünkü tesadüf diyebilmek için ortada birbirine tesadüf eden birden fazla şey olması lazım. Oysa sadece hayat var ve sadece var olduğu için var. O yüzden hayatın kendisinden daha anlamlı bir şey yok.

Bunları düşünerek SMK sorgucuları karşısında kararlı duruşumu sürdürmekteyim. İşkence falan yapmaya kalkarlarsa sürdürebilir miyim, bilmem. Kararlılığın da bir sınırı var. Ama öyle bir şeye başvuracaklarını sanmıyorum. Ahlaki nedenlerle değil, benim durumumda fazla fayda sağlamayacağı için. Benim ağzımdan alacakları bilgilerin pek bir işe yaramayacağını biliyorlardır. Asıl merak ettiklerini, pek yakında başlayacağını tahmin ettiğim nörolojik-psikiyatrik test süreciyle öğrenmeye çalışacaklar. Eğer o zamana kadar bir mucize olur ve onları alelade bir insanoğlu olduğuma ikna edebilirsem ne mutlu. Ama kolay ikna olacağa benzemiyorlar.

Beni sorgulayan ikinci kişi, ilkine göre daha genç, daha akıllı ve konuşmalarından anladığım kadarıyla daha yüksek rütbeliydi. Soruları da daha sinsiceydi. Mesela ben hastalığa hiçbir zaman yakalanmadığımı söyledikten bir dakika sonra "Hasta olduğunuz döneme ait en net anınız ne?" gibi bir soru sorabiliyordu. "Buna cevap veremem," diyorum, "çünkü hastalığa hiç yakalanmadım." "Ah, evet, pardon," diyor. Ama birkaç dakika sonra benzer bir sahne yaşanıyor.

Bayağı da konuşkandı, hatta sormaktan çok anlattı denebilir. Mesela içinde bulunduğumuz kampüse dair ilginç bilgiler verdi. SMK aslında bu kampüsün küçük bir kısmını kullanıyormuş. Pencereden görünen uzaktaki yüksek binaların çoğu televizyon kanallarının binalarıymış. Ülkede hâlâ aktif olan tüm televizyonlar bu kampüsün içinde. Televizyon kanallarında çalışanlar, televizyonda görünen spikerler, sunucular, tartışma programlarına katılanlar, yorumcular, fikir adamları, hatta siyasetçiler bu kampüsün içinde yaşıyorlar ve buradan hiç çıkmıyorlar. Burası da bir çeşit karantina bölgesi ama ters yönde bir karantina söz konusu, hastalığı içeri kapatmak için değil dışarıda tutmak için kurulmuş. Burası, Türkiye'nin gerçek merkezi, salgının nüfuz edemeyeceği çekirdeği.

Bunları duyunca itiraz ettim: "Peki ama bu demek oluyor ki, ülkenin dertleri hakkında sürekli fikir beyan eden bu insanların aslında olup bitenden haberi yok. Halkın arasına hiç karışmıyorlar, sokaktaki duruma doğrudan tanıklık etmiyorlar. Her konuda ileri geri konuşma cüretini nereden buluyorlar?"

"Bilgi kaynakları var. Şehrin üzerinde helikopterle dolaşıp görüntü kaydeden muhabirleri var. Değişik yerlere yerleştirilmiş kameralardan gelen görüntüler var."

"Kameralara dayanıyor yani bütün fikirleri."

"İdeal bir durum olduğunu söylemiyorum ama bu önlemler alınmak zorunda. Bu sadece Türkiye'de böyle değil, dünyanın bütün televizyon kanalları buna benzer şekilde koruma altında. Kimse Kuzey Kore faciasının kendi ülkesinde yaşanmasını istemez."

Kuzey Kore'yi hatırlatması yerindeydi. Salgının ilk vurduğu günlerde, Kuzey Kore hükümeti, kendinden bekleneceği üzere, interneti ve telefon sistemini derhal kapattı. Okullar tatil edildi. Sınırlar kapatıldı, dışarıdan ülkeye her türlü giriş durduruldu. Devlet televizyonu normal yayınını kesti, günler boyunca sadece doğa görüntüleri eşliğinde enstrümantal müzik yayını yapıldı. Sonunda ulu önder, olağanüstü durumla ilgili halkını bilgilendirme görevini bizzat üstlenmeye ve televizyonda bir konuşma yapmaya karar verdi.

Ancak iyi eğitim görmüş ve iyi derecede İngilizce bilen başkan, halkına uyguladığı yasakları elbette kendine uygulamamıştı ve merakına yenilip, internette, yeni ortaya çıkan bu salgınla ilgili ne bulduysa okumuştu. Halkın çoğunun neler olup bittiğinden haberi yoktu, söylentiler almış yürümüştü. Devlet başkanının yapacağı açıklama merakla bekleniyordu. Konuşma saati geldiğinde, sokaklar boşalmış, genç-yaşlı herkes başkanı dinlemek üzere televizyona kilitlenmişti. Konuşmanın ilk birkaç dakikası boyunca, canlarından çok sevdikleri önderlerinin ne saçmaladığını anlamakta zorluk çektiler. Ama sonra, yavaş yavaş, dedikleri mantıklı gelmeye başladı. Konuşma bittiğinde bütün Kuzey Kore alkıştan yıkılıyordu.

Ülke sonraki birkaç hafta içinde tamamen yerle bir oldu. O arada birileri nükleer silahları da patlatmayı uygun görmüş olacak ki, ülke şu anda bir nükleer felaket bölgesine dönüşmüş durumda. İçeride kaç kişinin hayatta kaldığı ve ne koşullarda yaşadığı bilinmiyor.

Kuzey Kore faciası örneği karşısında, televizyon üzerinde alınan önlemlerin aşırı olduğunu iddia etmek biraz zor. Ama bir açıdan, bu önlemler yüzünden bütün dünya Kuzey Kore'ye dönmüş oluyor. Bu felaketin başka bir ülkenin değil Kuzey Kore'nin başına gelmesinde, bütün hayatın merkezi kontrol altında olmasının da payı vardı kuşkusuz. Bir ülke halkının neredeyse tamamına aynı anda devlet eliyle ARDS bulaştırılması, önlemlerin yetersizliğinden değil, aşırılığından kaynaklanıyordu aslında.

Ama ne kadar önlemin yeterli, ne kadarının aşırı olduğuna dair net bir fikrimiz yok. O yüzden eksik önlemdense fazlasına razıyız. Sokaktaki insanların çoğunluğu bir abuktan duyacakları bir cümlenin bile hastalığı kapmalarına yeteceğini düşünüyor. Açıkçası, bana sorsalar, bunun doğru olmadığını bildiğim halde söylemeyebilirim. Birileri, abuklama duydukları anda hastalığı kapacaklarını sanıyorlarsa, bu onlara sadece fayda sağlar. Oysa gerçekte, tabii ki, öyle duyar duymaz kapmazsınız hastalığı. Önce dinlemeniz gerekir. Bir cümle, bir soru dikkatinizi çeker; tuhaf, muzip, komik, cin gibi falan bulmuş olabilirsiniz. Bunu nereye bağlayacağını merak edersiniz. Dinlemeye başlarsınız. Sizde şöyle bir his yaratır: "Ne dediğini anlamıyorum ama anlamak üzereyim sanki." Tam o anda anlamıyorsunuzdur ama ardından gelecek açıklamayla her şey aydınlanacak gibi gelir. Ama bir sonraki cümleyle biraz daha gömülürsünüz içine. Burada geri dönüşü olmayan bir noktadan geçersiniz, fark etmeden. Sonra "yeniden doğuş" gibi bir deneyim yaşarsınız, bir anda bütün abuklamalar, ta en başında söylediklerinden son cümlesine kadar, ihtişamlı bir bütünlük olarak karşınızda belirir. Öteki tarafa geçmişsinizdir. Artık mantıklı bir cümle kuramayacak, normalde yaptığınız hiçbir işi yapamayacak, en basit becerilerinizi bile hatırlamayacak, sadece saçmalayacaksınız.

Aslında alınacak temel önlem, tehlikenin farkında olmaktır. Bu bile çoğu zaman tek başına yeterlidir. Ama tehlike o kadar ürkütücüdür ki, kimse önlemin fazlasına itiraz edecek cesareti bulamaz.

Bir önlemin, ilk anda aşırı görüldüğü için zamanında uygulanmaması, nispeten baş edilebilir ciddiyetteki bir sorunun felaket boyutuna gelmesine neden olabilir rahatlıkla. Örneğin, internetin kapatılmasında geç kalındığı sık sık söylenir. Hastalık, internete sıçramasından ne kadar öncesinden beri vardı bilmiyoruz ama internete bulaşmasıyla bütün dünyaya yayılması bir oldu. İnsanlar, komik bir video ya da dokunaklı bir köşe yazısı paylaşır gibi, hastalığı büyük bir hevesle birbirlerine gönderdiler. İlk günlerde olayın ciddiyetinin farkına varılamadı. Ne olduğu anlaşıldığında, apar topar bütün servis sağlayıcıların şalterleri indirildi. Ama o ana kadar hastalık her yere yayılmıştı.

Memetik virüs tabiri de bütün dünyaya internet yoluyla yayılmasından çıktı zaten. Mem, genlere benzer şekilde, insanların birbirine anlatması (ya da göndermesi) sonucu bir beyinden diğerine kopyalanarak çoğalan bilgi birimlerine deniyor. Bir bakış açısına göre kültürün yapıtaşları bunlar, memetik de bu yayılma davranışını inceleyen bilim dalı. Memetik bağlamında baktığımızda, aktarılan bilgi veya hikayenin ne derece doğru, anlamlı veya yararlı olduğu değil, kendini kopyalama becerisi önemlidir. Mesela, insanın beyninin sadece yüzde onunu kullandığı teranesi, hiçbir bilimsel veriye dayanmadığı ve tümüyle uydurma olduğu halde, kendini kopyalama becerisi nedense çok yüksek olan bir memdir. ARDS ortaya çıktıktan sonra da, yayılmasının memetik bir karakteri olduğu yorumu yapıldı ve böylece memetik virüs diye adlandırılmaya başlandı.

Bunların yaşandığı bir dünyada, SMK gibi bir kurumun oluşturulup olağanüstü yetkilerle donatılmasına ve bu durumun sorgulanamaz kılınmasına razı oluyorsunuz. Tabii bu ultra bakımlı kampüsü gördüğünüzde, kurumun bu yetkilerini bir iktidar odağı olmak için kullanıyor olabileceği de ister istemez aklınıza geliyor. Ortada daha basit bir açıklama olduğu sürece, komplo teorilerine itibar etmem. Ama burada sanki açıklanmaya ihtiyaç duyan bir durum var.

Düşünürseniz, bir büyük tehlikeye karşı güvenliği birinci öncelik haline getirmiş bir devlet, güvenliği sağlamak için elinin altında bulunan araçları, iktidarın konumunun sorgulanmasını engellemek için kullanmaya, dolayısıyla en genel anlamıyla yolsuzluğa son derece açıktır. Güvenlik konusunda elde ettikleri sorgulanamazlık konumunu başka alanlara da kolaylıkla yayarlar, çünkü güvenlik öncelikli olduğunda, her şey güvenlikle ilgilidir. Bu noktadan itibaren, bir yolsuzluk düzeninin kurulmasının önünde kalan tek engel, yöneticilerin kişisel ahlaklarıdır. Bu da sömürülecek kaynağın büyüklüğüyle karşılaştırıldığında çok zayıf kalır.

Bir kez böyle bir düzen kurulduğunda, düzenden beslenenler, başlangıçta böyle bir düzenin kurulmasını haklı çıkaran nedenin, yani toplumu tehdit eden büyük tehlikenin ortadan kalkmasına o kadar da gönüllü olmayacaklardır. En azından tehlike doğal yollarla azaldığında ya da ortadan kalkmaya yüz tuttuğunda, toplumu tehlikenin hâlâ büyük olduğuna ikna etmeye çalışmaları beklenebilir. Kuzey Kore de zamanında yozlaşmış baskı düzenini ve "önce ordu" dedikleri güvenlik odaklı devlet anlayışını, halkı dünyanın büyük güçlerinin ülkelerine karşı saldırı hazırlığında olduğuna ikna ederek sürdürebiliyordu.

Şu anda böyle bir yolsuzluk düzeni kurulmuş mudur, bilmiyorum. Varsa da şaşırmam, bu biraz işin doğasında var. Bir yerde, çok az risk ve çabayla, rekabetle karşılaşmadan elde edilebilecek bir besin varsa, ondan beslenen bir hayvan türü eninde sonunda ortaya çıkar.

Açıkçası, şu içinde bulunduğumuz kampüs böyle bir şeyi düşündürüyor. Öte yandan, bu minik cennete çöreklenmiş ve salgın koşullarından beslenen bir elit varsa bile, tehlikeyi olduğundan büyük göstermek gibi bir çaba içinde değiller, hatta gördüğüm kadarıyla tam tersine çabalıyorlar. Televizyonlara bakarsanız, salgınla mücadelede önemli gelişmeler sağlanmıştır, yakın bir gelecekte salgın tamamen kontrol altına alınacaktır, bu arada bir tedavi bulunmasında da son aşamaya gelinmiştir. Oysa dışarıda şahit olduğum hayat çok farklı. İyiye doğru herhangi bir gidiş göze çarpmıyor, tüm önlemlere rağmen hastalık yayılmaya devam ediyor.

Peki böyle davranmaları, bir yolsuzluk düzeni kurulmadığının kanıtı mıdır?

Bu yargıya varmak için acele etmemek gerek bana kalırsa. Parazit denen canlı türünün tabiatına biraz daha yakından bakarak akıl yürütebiliriz. Parazit, başka bir organizmadan beslenir. O organizmanın kendisi için ürettiği besini sömürerek semirir. Ama bu düzeni sürdürebilmesi için, o organizmayı hayatta tutmalıdır. Yerleştiği organizma ölürse, parazit de ölür. O yüzden parazitin bir denge sağlaması gerekir.

SMK ve onun etrafında şekillenen yeni devlet düzeni, kendi bekası için salgın tehdidini canlı tutmalıdır belki, ama aynı zamanda bunun baş edilebilecek bir tehdit olduğu ve SMK'nın çabalarının işe yaradığı izlenimi de vermelidir. Çünkü salgınla mücadele edilebileceğine dair umutlar tükenirse, Salgınla

Mücadele Kurumu'na da gerek kalmaz. SMK bir sömürü düzeni kurmuş olsa bile, beslenebileceği bir değerin üretilmeye devam etmesini sağlamak, en azından ülke nüfusunun baş aşağı gidişini durdurmak için toplumu bir şeylerin yolunda gittiğine inandırmak zorunda. Bence henüz o aşamadayız.

14

İki günlük bir aradan sonra üçüncü bir sorgu memuru tarafından ziyaret edildim. Bu diğerlerinden daha sert bir tip, doğrudan konuya giriyor: "Daha önceki konuşmalarınızda, ARDS hastalığına hiç yakalanmadığınızı söylemişsiniz."

"Evet, öyle söyledim, çünkü gerçek bu."

"Salgınla Mücadele Kurumu Şişli Rehabilitasyon Merkezi'nde çıkan yangından sonra yapılan soruşturmada, birden çok kişi, hastalığa yakalanan SMK çalışanları arasında sizin de adınızı saymış."

"O kargaşada kimin hasta kimin sağlıklı olduğunu nasıl anlamışlar?"

"Sizin o kargaşanın nedeni olduğunuzu söyleyen tanıklar da var."

"Nasıl yani? Ne demek kargaşanın nedeni?"

Cevap vermedi, dosyasını açtı.

"Diğer arkadaşlara da söylemiştim, benim başka bir rahatsızlığım var. Ateşim aniden yükselebiliyor ve..."

"Evet, evet, biliyoruz," dedi, dosyayı karıştırmaya devam etti. İçinden bir kâğıt çıkarıp önüne aldı. "Ayrıca bir tanık da, sizin hastalığa yakalandığınızı ve tedavi olduğunuzu bizzat sizden duyduğunu söylemiş."

"Benden mi duymuş?"

"Evet, siz söylemişsiniz."

"Böyle bir şey mümkün değil. Yanlış anlamış herhalde. Kim bu tanık?"

"Üzgünüm, bunu size söyleyemem." Dosyasındaki kâğıtları yeniden düzene koydu. "Bu veriler ışığında, verdiğiniz ifadenin gerçekleri yansıtmadığı kanaatine vardık."

"Nasıl yani? Bana yalancı mı diyorsunuz?" diye bir karşı atakta bulunmayı denedim.

Başını kaldırdı, buz gibi bakışlarını bana dikti, "Evet," dedi. Bir an için boğazım düğümlendi, bir şey diyemedim. "Tıbbi ekibimiz size birkaç test uygulamak istiyor, izniniz olursa," diye devam etti.

"Hiçbir teste izin vermiyorum," dedim.

"Hmm, aslında izninize ihtiyacımız yok. Ben nezaketen sormuştum, her şeyin daha kolay işlemesi açısından."

"Ben de cevabımı verdim. Hiçbir teste izin vermiyorum. Bana test yapmak istiyorsanız, zorla yapmanız gerekecek."

Başkaca bir şey demeden çıkıp gitti.

İşte şimdi korkmaya başladım. Başıma ne geleceğini tahmin edebiliyorum, daha önce benzer testlere tanık olmuştum. Damarlarıma basacakları bütün o kimyasal maddelerden sonra eski akıl sağlığıma kavuşmam mümkün olmayacak büyük ihtimal. Kafamı açıp beynimi incelemeye karar vermezlerse yine de şanslı sayılırım. Tabii o aşamaya varmadan önce, beni başka hastalarla karşı karşıya getirerek uygulamayı düşünecekleri prosedürler de olabilir. Her hâlükârda, buradan tanınmaz halde çıkacağım, çıkabilirsem tabii.

Öte yandan işlerin bu kadar yavaş yürümesi de tuhaf. SMK'da bazen bürokrasi ya da iş yoğunluğu nedeniyle bazı şeylerin haftalarca beklediğine tanık olmuştum. Ama, gerçekten hastalıktan kurtulmayı başardığıma inandıklarına göre, diğer işlerine göre öncelikli olmalıyım. Bu deneyimi yaşamış tek örnek ben miyim, bilmiyorum. Değilsem de çok nadir bir örnek olsam gerek. En azından ben, kendimden başka birini duymuş değilim. Belki benimle ne yapacaklarına daha karar vermediler. Ya da beni zorlamaktansa, yapacakları işlemler için gönüllü olmamı istiyorlar. Ya da düşünemediğim başka bir durum var.

Adamın söylediği diğer şeyler de kafamda dönüp duruyordu. Klinikteki kargaşanın nedeni olduğumu söylerken ne demek istiyordu? Tamam, o zamana ait anılarım çok net değil ama herhangi bir kargaşaya neden olduğuma dair en ufak bir şey hatırlamıyorum.

Bir de, bir tanık, hasta olup iyileştiğimi benden duyduğunu söylemiş. Annemi mi kastediyordu acaba? Anneme, SMK ajanlarına benimle ilgili bir bilgi verip vermediğini sormamıştım. Öyle olsa bana söylemez miydi? Ya da belki benim evden ayrılmamdan sonra gidip onu tekrar sorguya çekmişlerdi. Her durumda hastalanıp iyileştiğimi benden duyduğunu söylemesi garip olurdu, çünkü aramızda böyle bir konuşma geçmedi. Geçmesi gerekmedi daha doğrusu, zaten hastalandığım zamana da, sonrasına da kendisi bizzat tanık oldu. Başka birinden bahsediyor olmalıydılar ama aklıma kimse gelmiyordu.

Sinirden ve sıkıntıdan odanın içinde dönüp duruyordum. Sonunda sakinleşmek için televizyon seyretmeye karar verdim. Önce bir kanalda Komiser Kolombo'nun eski bir bölümüne denk geldim. Bir süre izledim ama dikkatimi veremiyordum, aklım başka yerlere gidiyordu. Sonunda yine salgınla ilgili bir programda kaldım. "Altı Dakika" diye haftalık bir haber programı... Altı dakika programın süresi değil, ARDS'nin tahmini bulaşma süresi. Aslında bu, kişiden kişiye, durumdan duruma değişir. Ama bir ara bir araştırma yayınlanmıştı ve bir abukla ortalama altı dakikalık bir konuşma sonrasında bulaştığı ilan edilmişti. Sonra bu "altı dakika" lafı moda oldu, salgınla ilgili yerli yersiz kullanılmaya başladı. Bu uyduruktan programın adı da oradan geliyor.

Lâkin bu seferki konusu ilginç. Hastalığın ortaya çıkışı ile ilgili yeni bir iddiadan bahsediyor. Ortaya çıktıktan sonra çok hızlı bir şekilde yayıldığı için, ilk nereden başladığı tespit edilemiyor. Dünya böyle bir hastalığın farkına vardığında zaten çoktan salgın halini almıştı. Hastalığa ait ilk tespitlere ulaşmak bu yüzden çok zor. Şimdiye kadar, çeşit çeşit rivayet duyduk. Tek bir bireyde ortaya çıkan genetik bir mutasyondan kaynaklı olduğu söylendi bir ara, hatta nasıl yaptılarsa bu kişinin Tacikistan'da yaşadığını tespit ettiler. Bütün hayatlarını Kuzey Tayland'da bir çiftlikte geçirmiş ve kimse onlara konuşmayı öğretmediği için kendi aralarında bir dil uydurmuş ikiz kardeşlerden yayıldığı söylendi. Yapısalcılık üzerine bir doktora tezinden çıktığını öne sürenler oldu. Makineden insana geçtiğine dair iddialar da vardı: Bir teoriye göre Rusya'da çok gizli bir proje kapsamında üretilen bir organik robotun konuşmasından yayıldı. Bir başkasına göre de, körlere çevrede neler olduğunu İsveççe anlatan bir cep telefonu uygulamasından...

Son iddia ise, Japonya'da yapılan bir gerçek zamanlı çeviri makinesi prototipinden ortaya çıktığı. Japonca ile İngilizce arasında çok hızlı şekilde çeviri yapmak için üretilmiş, tablet bilgisayar görünümünde bir alet... Japonca konuşan kişinin söylediklerini algılıyor ve makul bir gecikmeyle, aynı anlama gelecek şekilde İngilizce konuşuyor. Aynı işlemi ters yönde de yapabiliyor. Prototipi test etmek ve aynı zamanda eğitmek için biri Japon diğeri Amerikalı iki sosyologla anlaşılmış. Üzerinde çalıştıkları konular ve akıllarına gelen diğer her şey üzerine sohbet etmeleri istenmiş. Test için sosyal bilimcilerin tercih edilmesinin nedeni, ortalamaya göre çok daha geniş bir sözcük dağarcığı kullanmaları ve karmaşık konular üzerinde sohbet edebilecek olmalarıymış. Teste iyice yoğunlaşmaları için de günler boyunca başka hiç kimseyle görüşmemeleri sağlanmış. Ayrıca, aletin yaptığı çeviri dışında yollarla anlaşmaya çalışmamaları istenmiş. Japon sosyolog biraz İngilizce biliyormuş aslında ama Amerikalı sosyoloğun dediklerini duyamayacağı şekilde bir düzenek kurulmuş. Bir diğer uyarı da şöyleymiş: Çeviride hata olduğu çok açık bile olsa, aslında ne demek istediğini tahmin etmek yerine, gerçekten dediği şeye cevap verin. Çeviri makinesi öğrenen bir sistem olarak tasarlanmış çünkü, hatalarını fark edip düzeltebilmesi için, karşısındakinin tam olarak söylenene tepki vermesi gerekiyormuş.

Hesaba katmadıkları şey şuymuş: Makine, öğrenen bir sistem olsa da, insan beyni ondan çok daha hızlı öğrenen bir sistem. Bilim adamları, sohbeti sürdürebilmek için, makinenin hatalı çevirisine rağmen, demek istedikleri şey karşıdaki tarafından anlaşılacak şekilde konuşmaya başlamışlar. Yani karşı tarafa giden çevirinin mümkün olduğu kadar doğru olmasını sağlayacak şekilde, bilerek saçma cümleler kurmaya başlamışlar. Tabii makine, bu değişen dile de aynı şekilde tepki vermeye devam etmiş. Yani gerçek Japonca ile gerçek İngilizceyi öğrenmesi gerekirken, bu iki dilin, deneklerin bilerek saçmaladıkları versiyonlarını öğrenmeye başlamış. Kendini besleyen bir saçmalaşma döngüsü ortaya çıkmış. Denekler, gerçek dilden, giderek daha fazla kopmuşlar. Onlar koptukça makine de kopmuş.

Sürecin bu şekilde işlediğini düşünmelerine neden olan, geliştirme ekibinden bir çalışanın aldığı notlarmış. Deney sona erdikten sonra, Japon bilim adamının çok tuhaf bir şekilde konuştuğunu yazmış. Onun dışında pek bir bilgi yok. Bu deney, salgının patlamasından sadece bir ay önce sonuçlanmış. Her iki bilim adamı da şu anda kayıpmış.

Benim alanımla ilgili olduğu için, özellikle ilgimi çekti. Zamanında makine çevirisi konusunda çalışmıştım, öğrenen çeviri sistemleri hakkında biraz bilgim var ama bu deneyi anlamakta zorluk çekiyorum. Öncelikle, öğrenen bir sistemin, yaptığı işin ne kadar doğru olduğuna dair bir geri bildirime ihtiyacı vardır. Yapılan çevirinin doğruluk derecesine ait bilgiyi dışarıdan almadan nasıl bir öğrenme sağlanabilir, bilemiyorum. Televizyon programında bu detayda bir açıklamaya girmediler. Yazılımın, doğru-yanlış kararlarını bir şekilde kendisinin verdiğini kabul etsek bile, bu deneyin nasıl böyle bir sonuca gittiği konusunda fikir yürütmek çok kolay değil. Belirleyici unsurunun makine değil insan olması yüzünden... Makinenin insana göre kendini dönüştürmesinden daha hızlı şekilde; insan, makineye göre kendini dönüştürüyor. Bunun beyindeki mekanizmalarını tam olarak anlayamadığımız için, ortaya çıkan sonuca şaşırmaktan başka elimizden bir şey gelmiyor.

Hastalık bu şekilde ortaya çıkmışsa bile, bunun nasıl bulaşıcı hale geldiğinin açıklaması yok. Bu insanlar, haftalar süren böyle bir süreç sonunda saçmalar hale gelmiş olabilirler. Deney sonrasında, başkalarıyla konuşurken saçmaladıklarını fark etmeden saçmalamaya devam etmeleri de mümkündür. Ama bu durum, onları dinleyenlerin, nasıl olup da ortalama altı dakikalık bir muhabbet sonunda aynı kafaya geldiklerini açıklamıyor.

Ancak şöyle bir şey olduğunu düşünebiliriz: Bu çeviri makinesi deneyi boyunca, denekler normal dilden koptular ve bir noktada, beklenmedik, açıklanamayan, mucizevi bir şey oldu ve başka bir dilsel gerçeklik düzeyine geçtiler. Kafada bazı sigortalar attı, kısa devreler oluştu, birkaç tahta eksildi ya da belki bizde olmayan birkaç tahta eklendi. Bir nevi boyut atladılar. Sözcüklerin ve anlamlarının bambaşka bir ilişkiler yumağı içinde olduğu bir paralel evrene geçiş yaptılar.

Bu da aslında başladığımız noktaya geri döndürüyor bizi: Hiçbir boku anlamış değiliz.

15

Program yeni bitmişti ki kapı bir kez daha çalındı, bu kez çok daha ürkek bir şekilde. Hatta başta kapının çalındığını anlamadım, dışarıdan bir tıkırtı geliyor sandım. Kapıyı açtım, daha önce gelenlerden biri değil. Diğerlerine göre bayağı çekingen, hatta tedirgin görünüyordu.

"Merhaba Murat Bey," dedi alçak sesle.

"Merhaba," dedim.

"Af edersiniz," diyerek elini başıma doğru uzattı, alnıma koydu. Bu hareket biraz sıkıntı vermeye başlamıştı.

"Evet, benim, sıcak kafalı adam," dedim sertçe.

"Kusura bakmayın," dedi. Yutkundu. "Sizi yemeğe davet etmek için gelmiştim."

"Ben yemek yedim."

Saatine baktı. "Ama saat daha beş buçuk."

"Eee?"

"Daha yemeğiniz gelmedi."

"Gelmeden yedim," dedim.

Gözlerinde dehşet dolu bir ifade oluştu, benim hasta olduğum şüphesine kapıldığını anladım. Bir abukla bir süredir konuşmakta olduğunu yeni fark etmiş biri gibi bakıyordu. Dayanamadım, güldüm.

"Ah! Şaka yapıyorsunuz," dedi, rahatlamış bir sesle.

Başımı evet anlamında salladım.

"Fazıl Bey, sizi evinde akşam yemeğine davet ediyor."

"Fazıl Bey kim?"

"SMK'nın Ar-Ge bölümünün yöneticisidir."

"Memnun oldum. Gelmek isterdim ama buradaki yemeği kaçırmış olurum."

"Eee... Buradaki yemeği her gün yiyorsunuz zaten."

"Ama çok seviyorum."

Gülümsedi. Bu iyi polis numarasına o kadar kolay kanacak değildim. Bir yandan ciddi ciddi korkuyordum, bir yandan da onlara elimden geldiği kadar zorluk çıkarmak için dayanılmaz bir istek duyuyordum.

Adam bana bir adım daha yaklaştı, fısıltıyla konuştu: "Benimle gelmezseniz, sizi bu gece kliniğe götürecekler."

"Kim götürecek? Siz kimsiniz? Hepiniz aynı yere bağlı değil misiniz?"

Ceket iç cebinden bir kâğıt çıkardı. "Fazıl Bey size bu notu gönderdi," dedi.

Şöyle yazıyordu:

Sayın Murat Siyavuş,

Sizinle daha önce tanışmadık ama isminizi çok duydum. Uzun yıllar birlikte çalıştığım değerli hocam Dr. İzzet Günaltay, bana sizden pek çok kez bahsetti. Şahsen tanışmayı çok isterim. Sizi evimde akşam yemeğine davet ediyorum. Kabul ederseniz çok mutlu olurum.

"Doktor İzzet hayatta mı?" diye sordum heyecanla.

"Ben... bilemiyorum. Notu Fazıl Bey yazdı, ben sadece aracıyım. Eğer benimle gelirseniz, Fazıl Bey'e sorabilirsiniz."

Doktor İzzet, SMK'daki yöneticimdi. Hayatta tanıdığım en zeki ve bilgili insanlardan biriydi. Bütün bürokratik saçmalıklara rağmen üç yıla yakın orada çalışmaya devam ettiysem, onun sayesindedir. Üst yönetim kademesiyle bizim ekibimiz arasında tampon işlevini üstlenmişti. Üst yöneticilerin bizim üzerinde çalıştığımız projeye hiçbir güvenleri yoktu.

Fazla riskli buluyorlardı ve işe yaramayacağını düşünüyorlardı. Sürekli birileri işimize burnunu sokmaya çalışıyordu. Doktor İzzet baskıları kendisi göğüsleyerek bize rahat bir çalışma ortamı sağlayabilmek için elinden geleni yaptı.

En son, yangın sırasında, dumanların arasından gördüğümü hatırlıyorum. Bir grup abuğun arasında kalmıştı. Daha sonrasında onu bulmaya çalıştım ama izine rastlayamadım.

Doktorun adının geçmesi, gerçekten özel bir durumun söz konusu olduğunu düşündürdü, en azından ciddi şekilde merakımı uyandırdı.

"Tamam," dedim. "Gidelim."

Birlikte odadan çıktık.

Koridordan bir süre ilerledik, koridordaki güvenlik görevlisi arkamızdan seslendi:

"Bakar mısınız? O şüphelinin buradan çıkarılması yasak."

"Fazıl Bey'in emri üzerine götürüyorum kendisini."

"Genel müdür yardımcısı Fazıl Bey mi?"

"Evet."

"Bir saniye," dedi. Elindeki telefonla bir yeri aradı, durumu bildirdi. Bir süre konuştular. Bize döndü. "Üzgünüm, burası Fazıl Bey'in yetki alanında değil. Şüphelinin buradan çıkmaması konusunda kesin emir var."

"Anlıyorum. Size Fazıl Bey'in numarasını versem, doğrudan onunla konuşsanız..."

"Bir şey fark etmez, ben Fazıl Bey'e bağlı değilim. Onun talimatları beni bağlamaz."

"Bana bir dakika izin verir misiniz?"

Sonrasında bir telefon trafiği yaşandı. Önce beni yemeğe götürmek isteyen adam, başka birini aradı. Aradığı kişi de başka birini aradı anladığım kadarıyla. Zincirleme birkaç görüşme sonrasında, karşımızdaki güvenlik görevlisinin yöneticisine ulaşıldı. O da gönülsüzce, oradan çıkışımıza izin verdi.

Çıkana kadar başka iki güvenlik görevlisini de, yöneticilerine telefon etmelerini sağlayarak aşabildik. Binanın kapısının önünde siyah bir araba bizi bekliyordu.

Arabaya bindik. Kampüsün ağaçlıklı yollarından, düşük bir hızda ilerledik. İki yanda şık villaların olduğu bir bölgeye geldik. Villalardan birinin garaj kapısı açıldı, girdik, kapandı. Garajdan doğrudan eve bağlanan kapı açıldı, Fazıl Bey göründü. Altmış yaşlarında bir adam, seyrek beyaz saçları arkaya taranmış, üzerinde şık beyaz bir gömlek, krem rengi yüksek belli pantolon...

"Murat Bey, gelebilmenize çok sevindim. Hoş geldiniz, içeri buyrun."

"Hoş bulduk."

"Yemekten önce içecek bir şeyler alır mıydınız?"

"Bir bardak su alabilirim."

Küçük bir oturma odasına geçtik. Hemen yanındaki yemek odasında sofra hazırlanıyordu.

"Çok güzel bir eviniz var."

"Teşekkür ederim. Ev benim değil, bana tahsis edilmiş bir lojman sadece."

"Olsun, yine de güzel."

Fazıl Bey, yemek masasında doldurduğu bir bardak suyu bana verdi. Bir yudum aldıktan sonra sordum: "Notunuzda Doktor İzzet'ten bahsetmişsiniz. Şu anda nerede olduğuna dair bir bilginiz var mı? Hayatta mı?"

"Bir bilgimiz yok maalesef. Şişli kliniğindeki yangından beri haber alınamadı. Yangında ölenlerin çoğunun kimlik tespiti yapılamadı biliyorsunuz, onların arasında olduğunu tahmin ediyoruz. Hastalığa yakalanmış olması da mümkün. Ama doktor, hastalığı en yakından tanıyan kişilerden biriydi. Nasıl korunulacağını iyi bilirdi. O yüzden ona pek ihtimal vermiyorum."

"Benim hakkımda size ne söylemişti?"

"Yaptığınız çalışmadan ne kadar umutlu olduğundan bahsetmişti. Dünya çapında bir buluş yapacağınıza inanıyordu. Hatta şunu rahatlıkla söyleyebilirim ki onu tanıdığım on yıla yakın zaman boyunca, onu sizin projeniz kadar heyecanlandıran bir şey görmedim."

"Gurur duydum. Ama hepsi geçmişte kaldı. Elimizdeki bütün veriyi, yazdığımız kodları, dokümanları, hepsini kaybettik."

"Evet, biliyorum. Masaya geçelim mi?"

Sofra kurulmuştu bu arada, çorbalar servis edilmişti bile. Ev, koyu renk ahşap mobilyalarla döşeliydi. Az eşya vardı, her şey yerli yerinde görünüyordu, her yer pırıl pırıldı. Sanki yaşanan bir ev değil de bir mobilya mağazası kataloğunun fotoğraf çekimleri için hazırlanmış bir set gibiydi. Ama Fazıl Bey'e bakınca, bu tarz bir adamın evi de böyle olur diye düşünürdünüz.

Çorbalarımızı içtik. Mantar soslu bifteklerimiz geldi, yanında haşlanmış patates, bol dereotlu yeşil salata ve birer bardak kırmızı şarapla. Hücremde yiyeceğim yemekten biraz daha iyi olduğunu itiraf etmeliyim. Birkaç dakikalık hoşbeşten sonra Fazıl Bey yeniden konuya döndü:

"Bana SMK'daki çalışmanızdan bahsedebilir misiniz biraz? Abuklamaların bilgisayarla analizine dayalı bir şeyler olduğunu biliyorum ama ayrıntısını bilmiyorum."

"Evet, klinikteki hastaların birbiriyle konuşmalarını kaydediyorduk. Bir konuşma tanıma yazılımıyla bilgisayara aktarıyorduk. Bu veri üzerinde bizim geliştirdiğimiz yazılımlar çalışıyordu. Cümleleri öğelerine ayırıyorduk, sözcükleri de biçimbirim dediğimiz temel dilbilgisel parçalara. Oradan da dilbilgisi kurallarını uygulayarak, kurguladığımız anlam evreninde nereye tekabül ettiklerini belirlemeye geçiyorduk. Yani abuklamaları bilgisayarın anlamasını sağlamaya çalışıyorduk denebilir."

"Bilgisayarın anlaması mı? Ama konuşma tanıma yazılımı konuşulanları anlamıyor mu zaten?"

"Hayır, anlamak derken, sözcüklerle anlamlar arasındaki ilişkiyi kurmaktan bahsediyorum. Konuşma tanıma yazılımı, konuşanların ağzından hangi sözcüklerin çıktığını tespit edebiliyor. Yani sesleri sözcüklere çeviriyor. Ama o sözcüklerin anlamlarını bilmiyor."

"Bilgisayarın sözcüklerin anlamını bilmesi ne demek? Bilgisayar için anlam diye bir şey var mı?"

"Zor bir soru. Anlamı nasıl tanımladığınıza bağlı sanırım. Bilgisayar kendi başına bir şey anlamaz ama biz bilgisayarda anlam dediğimiz bir şey kurgulayabiliriz. Yani konuştuğumuz dildeki cümlelerden anladığımız şeyi sayısal bir şekilde ifade ederek, bilgisayar için anlamlı hale getirebiliriz."

"Yapmaya çalıştığınız şey bu muydu?"

"Aşağı yukarı... Çevremizdeki evrenin tamamen soyut bir modelini kurguluyor ve kaydettiğimiz cümleleri, o model üzerindeki yapılara çevirmeye çalışıyorduk. Evrendeki varlıklar ve mekânlar, kurguladığımız soyut modelde belli yapılara denk geliyordu. Sayısal olarak ifade edilebilen değerleri vardı. Varlıklar arasındaki ilişkilerin de sayısal değerleri vardı. Sıfatlar bu varlıkları kapsayan kümelerdi. Durumlar; bir varlığın, bir mekânın ya da bir sıfatın belirlediği kümenin içinde bulunuşu olarak anlaşılıyordu. Eylemler, bir başlangıç konumundan bir bitiş konumuna bir değişiklik şeklinde ifade ediliyordu. Mesela 'adam işe gitti' gibi bir cümlenin anlamı, 'adam' diye ifade edilen X numaralı varlık, başlangıç pozisyonu olan Y numaralı mekân ve bitiş pozisyonu olan Z numaralı mekândan oluşan üçlü bir küme oluyor. X, Y ve Z'nin gerçek değerlerini bağlamdan çıkarıyoruz. Önceki cümlelerden, adam dediğimiz kişinin kimliğini biliyorsak, X'in değeri o kişi oluyor. O kişinin işe gitmeden önceki yerini biliyorsak, Y'nin değeri orası oluyor. Z'nin değeri de işyeri oluyor. Bilgisayarın anlaması dediğim, 'adam işe gitti' cümlesini, 'varlık: X, başlangıç: Y, bitiş: Z' şeklinde bir ifadeye çevirmek. Çok basitleştirilmiş haliyle böyle bir şey."

"Adamın kim olduğunu ya da nerede olduğunu bilmiyorsak?"

"Belirsizlik de bir değerdir. Ama belirsizliğin içinde de belirli şeyler olabilir. Mesela 'adam' dendiğine göre erkek cinsiyetine mensup yetişkin bir insan olduğunu biliyoruz demektir. Kim olduğu belli değilse de, olabileceği kişilerin kümesi bellidir."

"'Adamın içinde bir sıkıntı vardı' cümlesi nasıl oluyor peki?"

"Varlık X, içinde sıkıntı olanlar kümesi S'nin bir üyesi."

Fazıl Bey bir kahkaha attı. "Anladım galiba. Peki bu ne işe yarayacak?"

"Abuklamaların arkasındaki mantığı incelememize olanak verir. Neden-sonuç ilişkileri, yan yana ya da arka arkaya kullanılan kavramlar, 'yani' ya da 'çünkü' gibi bağlaçları neler arasında kullandıkları... Bunları sağlıklı insanların konuşmalarıyla karşılaştırabiliriz. Aslında, ne dediklerini hiç duymadan ve anlamadan, doğrudan sayısal hale getirilmiş anlam dünyalarına bakabiliriz. Sonuçta, ARDS'nin çözülmesinin önündeki en büyük engel, hastalığı anlamak için girişilecek her türlü çabanın, hastalığa yakalanmaya neden olması. Abuklamaları dinlemeden hastalığın gerçek doğası hakkında fikir yürütemiyorsunuz; dinlemeye kalkarsanız, siz de hastalanıyorsunuz. Bizim yöntemimiz, bu açmazı çözmeye çalışıyor. Abuklamaları dinleyip anlamadan, doğrudan arkasındaki anlamı görmek için bize bir imkân veriyor. Vermesini ummuştuk daha doğrusu."

"Gerçekten ilginçmiş. Sonra ne oldu peki?"

"Hastalık galip geldi. Kendimizi korumayı başaramadık. Başlangıçta hiçbir abuklama kaydına kendimiz bizzat bakmamayı prensip edinmiştik. Ama modellemelerle ilgili çok fazla problem çıkıyordu. Konunun karmaşıklığıyla başa çıkmakta zorlanıyorduk. Bir tıkanma noktasına gelindi. Orijinal metinlere bakmadan ilerleyemiyorduk. Kuralları biraz esnetmeye karar verdik. Bütünden kopuk tek bir cümle ya da birkaç sözcüklük parçalara bakmayı serbest bıraktık. Abuk cümleler bir süreklilik içinde olmadığında hastalığı kapma riskimiz olmayacağını düşündük. Ama sınır bir kez aşıldıktan sonra, kurallar ekiptekiler tarafından giderek daha fazla esnetildi, git gide daha uzun kesitlere bakılmaya başlandı. Sonunda hastalık ekibe sızdı."

"Evet, anlıyorum."

Şarabından bir yudum aldı, başını önüne eğdi, bir süre hareketsiz kaldı. Sonra başını kaldırdı ve sordu:

"Kliniği neden yaktınız peki?"

Nutkum tutuldu. Doğru duyduğumdan şüphe ettim: "Efendim?"

"Kliniği neden yaktınız?"

"Biz... yakmadık."

İşaret parmağını bana doğru salladı. "Siz, Murat Bey, siz yaktınız."

Söylediği şey gerçek olabilir mi? Yangının nasıl çıktığına dair hiçbir anım yok. Alevleri hatırlıyorum, her yeri kaplayan kapkara dumanları, kendimizi dışarı atabilmek için nasıl uğraştığımızı, içeride kalanları. Ama bütün bunların nasıl başladığı o kadar bulanık ki! Hafızamı zorluyorum. Sanki bir şeyleri hatırlar gibiyim, bunca zamandır derinlere ittiğim bir şeyleri. Yangını kimin çıkardığını değil ama yangının çıkmasını kaçınılmaz kılan koşulları... Öncelikle, asıl sorun yokuşların alınganlığıydı. Ve tabii bir de dahili dalgalanmaların dirayet düsturunu didiklemesi... Aman Allahım, neler diyorum ben!

"Siz... bunu nereden biliyorsunuz?"

"Ben de oradaydım. Sizi gördüm. Coşku içindeydiniz, 'Frenler boşalsın!' diye bağırarak oradan oraya koşturuyordunuz."

"Peki siz, yangını benim başlattığımı gördünüz mü? Yani bizzat..."

"Hayır, kendim görmedim ama görenlerden duydum."

Başımı öne eğdim. Şoka girmiştim, sinirden titriyordum. Ağlamamak için kendimi zor tutuyordum. Fazıl Bey'in yanılıyor olmasını çok isterdim ama hepsinin doğru olabileceğini hissediyordum. On yedi kişi... Belki daha fazla... Bu kadar ölümün sorumlusu ben miydim? Bununla nasıl yaşayacaktım?

Fazıl Bey aklımdan geçenleri hissetmiş gibi konuştu: "Sizi suçlamıyorum Murat Bey, sadece olaya ait ne hatırladığınızı merak ediyorum. Hastaydınız sonuçta, ne yaptığınızın farkında değildiniz. Aklınız yerinde değilken yaptıklarınızdan sorumlu tutulmanız hiçbir hukuka sığmaz. Ama ne mutlu ki şimdi gayet sağlıklı halde karşımda oturuyorsunuz."

Hiçbir şey diyemedim. Söylediklerini inkâr edecek gücüm yoktu.

"Nasıl iyileştiniz?" diye sordu, benden ses gelmeyince.

"İyileştiğimden emin değilim," dedim. "Normal biri gibi davranmayı becerebiliyorum bir şekilde. Ama o şeytan orada duruyor, hissediyorum."

"Ama bir tedaviden geçtiniz. Arkadaşınız, nörolog Özgür Çağlar size bir tedavi uyguladı. O sayede bu duruma geldiniz. Öyle değil mi?"

"Bilmiyorum."

"Hatırlamıyor musunuz?"

"Evet, Özgür bana bazı ilaçlar verdi. Ama gerçekten onlar sayesinde mi bu duruma geldim, onu bilmiyorum. Aynı ilaçlar başka hastalarda işe yaramadı. Aslında bana ne ilaçlar verildiği de tam olarak belli değil, düzgün şekilde kaydı tutulmadı."

"Anlıyorum," dedi. Sessiz kaldı bir süre.

"İstediğiniz itirafı aldığınıza göre, ben artık gidebilir miyim?"

Güldü. "İtiraf mı? Sizin herhangi bir şey itiraf etmenizle ilgilenmiyorum, inanın bana. Burası SMK değil, benim evimde misafirsiniz. Sadece sohbet ediyoruz, aynı ilgi alanlarını paylaşan iki insan olarak. Ayrıca, birazdan aramıza biri daha katılacak, o geldiğinde burada olmanızı çok isterim."

"Kim? Özgür mü yoksa?"

"Hayır, Özgür Bey mahkeme tarafından tutuklandı maalesef."

"Evet ama operasyonun asıl sahibi SMK olmalı, öyle değil mi? Bütün o düzeneğin basit bir uyuşturucu baskını için kurulduğunu söylemiyorsunuz herhalde."

"Haklısınız, sizi kandırmaya çalışacak değilim. Kurumumuzun polis üzerinde belli bir etkisi var. Ama yargı sürecine müdahale gücümüz sınırlı. Bir sonraki duruşmada tutuksuz yargılanmak üzere serbest bırakılmasını sağlamaya çalışacağız. Problem çıkacağını sanmam. Ondan sonra Özgür Bey'le konuşma şansı bulacağımızı umuyorum."

"Mahkeme bırakacak, siz yakalayacaksınız yani."

"Yakalama demeyelim. Özgür Bey çok değerli bir bilim adamı. Çalışmalarımıza çok katkısı olacaktır. Sizin de öyle tabii. Benim asıl isteğim tekrar bizimle çalışmanız."

"Üzerimde deneyler yapıp beynimi süngere çevirdikten sonra mı?"

Sesini alçaltarak cevap verdi: "Evet, ben de o konuya gelecektim. Sizin dosyanızla ilgili... nasıl desem... bir anlaşmazlık var. İki ayrı birim arasında bir görüş ayrılığı var, daha doğrusu. Şöyle açıklamaya çalışayım..."

O sırada kapı zili duyuldu. Fazıl Bey, heyecanla ayağa fırladı.

"Hah, işte geldi."

Fazıl Bey, gelen kişiyi karşılamaya gitti. Az sonra birlikte geldiler.

Koyu kahverengi uzun bir etek, krem rengi bir bluz, onun üzerine şelale gibi dökülen kestane rengi kıvırcık saçlar, onların çevrelediği su gibi güzel bir yüz, siyah buğulu gözler, mahcup bir tebessüm...

"Sizi kızım Şule'yle tanıştırayım."

Neden bilmiyorum, gözümden bir damla yaş süzüldü.

16

Yarım saat kadar sonra, Fazıl Bey'in üst kattaki balkonunda oturuyoruz. Bir okuma lambasının içeriden gelen cılız ışığı dışında karanlıktayız. Bu şehirde uzun zamandır hiç şahit olmadığım bir sükûnet var burada. Ağaçların hafif hafif hışırdaması ve biraz ilerideki yapay derenin şırıltısı dışında ses yok. Hava, mevsimden beklenmeyecek kadar yumuşak. Yan yana birer şezlongdayız, Şule ve ben. Fazıl Bey içeride, telefonda. Şule ara ara bana bakıyor, bir şeyler sormamı bekliyor sanki. Soracağım çok şey var ama içimden bir şey demek gelmiyor. Sonunda sessizliği o bozuyor:

"Ben annemle yaşıyorum, Ataşehir'de. Babamı pek sık görmüyorum normalde ama bugün özellikle gelmemi istedi."

"Benimle görüşmen için."

"Evet."

"Benimle önceden tanıştığını biliyordu herhalde, değil mi? Hatta düşünüyorum da, benim hakkımda SMK'ya ifade veren de sen olmalısın. Hastalanıp tedavi olduğumu bizzat benden duyan tanık sensin. Başka birisi olamayacağına göre..."

"Babama söyledim sadece. Babamın dosyalarından birinde fotoğrafını görmüştüm. Seni Ataşehir'de ilk kez gördüğümde, yüzün tanıdık gelmişti ama nereden tanıdığımı hatırlayamamıştım. Metroda tekrar karşılaştığımızda hatırladım. Bana söylediklerinden sonra, dosyaya tekrar baktım ve seninle ilgili kısmı buldum. Önceden SMK'da çalıştığını öğrendim. Başına gelenleri, yangını... Sonra babama söyledim."

"Ve beni takibe aldılar, arkadaşımın evine baskın yaptılar, onu hapse attılar, eşyalarına ve parasına el koydular, beni burada bir hücreye tıktılar ve üzerimde deneyler yapacaklar. Hikâyenin devamı da böyle."

Şule bir yutkundu.

"Ben... sana zarar vermek istemedim. Seni zaten takip ediyorlardı. Bilmiyorum, belki senin durumunu biliyorlardı ama tam olarak emin değillerdi. Ben doğrulamalarını sağlamış olabilirim. Ayrıca üzerinde deney falan yapmayacaklar, babam buna izin vermeyecek. Seni buradan çıkaracağız."

"Sen de SMK'da mı çalışıyorsun?"

"Hayır, Boğaziçi Üniversitesi'nde doktora yapıyorum, psikoloji bölümünde. Bazı işlerde de babama yardım ediyorum. Üniversitenin bilişsel bilimler enstitüsünde bir proje yürütüyoruz birlikte, SMK bünyesinde yapamadığımız bir şey. Bir de klinik var üniversiteye bağlı. İşimizin asıl kısmı orada."

"SMK'ya bağlı olmayan bir klinik mi? İlk kez böyle bir şey duyuyorum."

"Resmi olarak bir özel okul aslında, salgınla doğrudan ilgisi yok. Ama uğraştığımız şey o tabii. Anlatırım ayrıntılarını."

O esnada Fazıl Bey balkona geldi. "Kusura bakmayın, bir telefon görüşmesi yapmam gerekiyordu." Bir sandalye çekti, tam benim karşıma oturdu. "Murat Bey, sizi bu kampüsten gizlice çıkaracağız. Şule'yi buraya getiren arabanın arka koltuğunun altında bir bölme var. Orada saklanacaksınız, Şule'yle birlikte çıkacaksınız. Bu işi düzgün yollardan halletmek için uğraştım ama bir sonuç alamadım maalesef. Daha fazla beklersek, telafisi mümkün olmayan zararlar oluşabilir. O yüzden bu gece bu işi yapmamız gerekiyor."

"Nereye gideceğim? Birileri hâlâ peşimde olacak, değil mi? Saklanmam gerekecek."

"Bebek'te küçük bir dairem var. Bir süre orada kalabilirsiniz. O arada size bir kimlik ayarlayacağız. Üniversitede araştırma görevlisi olarak işe gireceksiniz. Şule'yle birlikte çalışacaksınız. Sizden tek isteğim bu."

Sessiz kaldım, Fazıl Bey, devam etti: "Hücrenize geri dönmekte de serbestsiniz tabii. Eğer arzunuz böyleyse."

"Hayır," dedim, "tabii ki değil. Ben... sadece... çoğu zaman kafamı toplamakta çok zorlanıyorum. Böyle bir işte size nasıl bir yardımım dokunabilir, bilmiyorum."

"Endişelenmenize gerek yok. Kimse sizden yapamayacağınız bir işi beklemiyor."

Fazla düşünecek bir şey yok. Durmanın veya geri dönmenin mümkün olmadığı bir durumdayım, köpekbalığı gibiyim, ancak ileri doğru gidebilirim. İleri doğru tek yol da bu gibi görünüyor. Bu korunaklı bahçeden, bu dünyadan kopuk seçkinler bölgesinden bir an önce dışarı çıkmaktan daha fazla istediğim bir şey yok.

Az sonra yoldaydık. Ben, Fazıl Bey'in tarif ettiği gizli bölmeye yerleştim, Şule de arka koltuğa, yani üstüme oturdu. Böyle söyleyince kulağa çılgın bir cinsel fantezi gibi geliyor ama alakası yok tabii. Olduğum yerden, kampüs çıkışında şoförün güvenlik görevlisiyle konuştuğunu duydum, "Fazıl Bey" lafı geçti, Şule adama iyi geceler diledi, kampüsten çıktık. Kampüs girişinden yeterince uzaklaştıktan sonra araba durdu. Gizli bölmeden çıktım, arka koltuğa geçtim. Yolun kalanına medeni insanlar gibi devam ettik.

Otoyola çıktık. Sağ ön kapı camı aralıktı, oradan arabanın içine tatlı bir rüzgâr giriyordu. İstanbul'u seyrediyordum. Gece vakti, eski halinden pek de farklı görünmüyordu. Ufka kadar devam eden bir solgun ışıklar tarlası... Arada büyük lekeler gibi görünen karanlık bölgeler vardı, farklı olarak. Bir kısmı yerleşim olmayan alanlardı ama çoğu elektrik şebekesinin devre dışı kaldığı yerlerdi, karantina bölgeleri ya da kontrolden çıkmış başka yerler... Bazılarının ortasında tek tük yanan ateşler görünüyordu. Yangın da olabilir, ısınmak ya da aydınlanmak için yakılmış ateşler de. Hemen yanlarındaki ışıl ışıl yüksek binalarla çarpıcı bir tezat oluşturuyorlardı. Aynı manzara içinde farklı uygarlıklar hüküm sürüyordu. Yirmi birinci yüzyılın mekanize, otomatize, standardize uygarlığının yanı başında, eski çağlardan fırlamış, ateşle ısınan bir kabile... Tuhaf zamanlardaydık.

Yol boyunca hiç konuşmadık. Sadece bir kez dönüp Şule'ye baktım, o da bana baktı, gülümsedi, ben de gülümsedim. İçime bir sıcaklık yayıldı. Öyle kalsın diye sustum yol boyunca.

İkinci köprüden önceki son çıkıştan çıktık. Solumuzda kurtarılmış bölge Armutlu vardı, biz sağa döndük. Sakin yollardan kıvrıla kıvrıla Bebek'e indik.

Karantina Bölgelerinden Çatışma Haberleri

17

Nisan ayında, televizyonda, karantina bölgelerinden çatışma haberleri var. Yüzlerce kişilik abuk grupları, taşlar ve sopalarla, hatta bazı yerlerde ateşli silahlarla birbirine giriyor. Çok sayıda ölü ve yaralı var. Çatışmaların nedeni anlaşılamıyor. Bazen bir bölgedeki çatışma yatışıyor, başka bir bölgede yeni bir tanesi çıkıyor. Yetkililer müdahale edip etmeme konusunda kararsız.

İngilizce adıyla *Acquired Reasoning Deficiency Syndrome*, yani "Edinilmiş Akıl Yürütme Yoksunluğu Sendromu" denilen hastalığın aniden ve durup dururken ortaya çıkıp dünyayı altüst etmesinin üzerinden yıllar geçtikten sonra, şimdiye kadar kendi kendilerini imha etmek ve akıl erdirilemeyen saçma sapan şeyler yapmak dışında bir faaliyetlerine rastlanmayan abuk kitleleri, ilk kez alıştığımızdan farklı bir davranış gösteriyorlar. "Hastalık evriliyor mu?" diye soruyor televizyon yorumcuları birbirlerine.

Bu yeni gelişmeden içten içe memnun olanlar da var, hastaların kendi hallerine bırakılmaları gerektiğini ve aralarındaki sorunları ancak kendilerinin çözebileceği lafları dolaşıyor. Bu, deyim yerindeyse, abuğu abuğa kırdırmanın kibarca söylenmiş hali. Abukların birbirlerini imha etmelerinden üzüntü duymak için bir nedenimiz yok. Bizim çoktan yapmış olmamız gereken şeyi kendi kendilerine yaparak bizi olası vicdan azabından kurtardıkları için minnettar olabiliriz ancak.

İlk günlerde helikopter kameralarından alınan şiddet görüntüleri televizyonlarda yayınlanıyordu, sonra o yayınlar kesildi. Çatışma haberleri hâlâ veriliyor ama yakın plan görüntü yok, ancak uzaktan çekilmiş belli belirsiz görüntüler var. Başlangıçta kamuoyunda oluşan "bu çılgınlığa dur denilsin" havası da dağıldı böylece. Herkes bunun nereye varacağını merak ediyor. Bazı gönüllüler, karantina bölgelerine bitişik yerlerde, ya da bölgelerin içinde, devletten bağımsız şekilde, yaralılara tıbbi hizmet vermeye çalışıyorlar. Devletin hiçbir şeye karıştığı yok. Devlet, abukların azalarak bitmesini bekliyor gibi.

Ben, Küçükbebek yokuşuna çıkan bir sokakta, ağaçlıklar arasında minik bir dairede kalıyorum. Beni buraya bir deste nakit para, dolu bir buzdolabı ve çalışır durumda bir televizyonla bıraktılar. Sahte kimliğimle ortaya çıkmam için biraz daha zaman geçmesini bekliyoruz. Neden böyle yapıyoruz bilmiyorum, sormaya gerek duymadım. Daha önce yaşadığım yerlere gitmemem, görüştüğüm kişilerle görüşmemem gerekiyor. Pek problem değil. Anneme sağ ve sağlıklı olduğumu bildirmelerini istedim sadece, umarım yapmışlardır.

Şule birkaç günde bir geliyor. Birlikte birer çay içiyoruz, ya da meyve suyu. Gelişmeler hakkında bilgilendiriyor. Bir ihtiyacım var mı diye soruyor. Çok fazla kalmıyor. Daha uzun kalmak istiyor gibi sanki. Belki benden bir söz bekliyor ama ben bir şey demiyorum. "Ben kalkayım artık" diyor, "Tamam" diyorum. Buradan çıkınca nereye gider, kimlerle konuşur, sevgilisi var mı, sureti rüyalarıma girerken aslı neredeydi, sormak istiyorum, tutuyorum kendimi.

İşle ilgili pek bir şey konuşmuyoruz. Benden ne beklediklerini bilmiyorum hâlâ. "Viktor sana anlatır" diyor Şule. Her kimse bu Viktor!

Çoğunlukla evdeyim, arada dolaşmaya çıkıyorum. Bebek, tuhaf bir mahalle. Sokakta herkes kulaklıklarla dolaşıyor ve hiç kimse kesinlikle birbiriyle konuşmuyor. Ataşehir de az çok öyleydi ama orada en azından site içinde korunaklı bir sosyal hayat devam ediyordu. Burada ise aynı apartmanda oturanlar bile birbirine selam vermiyor. Belki de onlar kendi aralarında selamlaşıyorlar da bana selam vermiyorlardır, bilemiyorum. Sokaklar işaret levhalarıyla dolu; oraya dönülmez, şuraya gitmek için buradan geçin, onu istiyorsanız önce bunu alın. Kimsenin kimseye bir şey sormadan her ihtiyacını giderebilmesi için düzenlenmiş her şey. Dükkân sahipleri pleksiglastan yapılma kabinlerin içinde oturuyorlar. Aradığınızı bulamıyorsanız, size tabelaları gösteriyorlar, yine de bulamıyorsanız yapacak bir şey yok.

Sahil yolunda şık mekânlar var. Aynı döngünün ufak tefek değişikliklerle iki yüz elli altı kez tekrar edildiği kulakları uyuşturan müzikler çalıyor. Oturulan yerler, başka masalardan gelen konuşmaların duyulmaması için pleksiglas levhalarla birbirinden ayrılmış. Bu saydam plastiği buralarda her yerde ve her renkte görüyorsunuz, pleksiglas cenneti burası. Görüntüden ibaret bir sosyallik... Yalnız oturmanı istemiyorlar, yalnız başına dolaşanlardan hoşlanmıyorlar. Yabancılardan hoşlanmıyorlar. Aslında hiç kimseden hoşlanmıyorlar.

Kimse sizinle ilgilenmediği için buralarda dolaşmanın rahatlatıcı bir tarafı da var. Hem çevrenizde birilerini görüyorsunuz ve türdeşlerinizden oluşan bir sürünün üyesi olduğunuz hissini yaşıyorsunuz, hem de kendi başına olmanın konforunu. Gözle görülür bir abukluk yapmadığınız sürece kimse dönüp bakmaz.

Bebek parkında yürüyüş yapıyorum sabahları. Bahar yüzünü göstermeye başlamış, aralarda yeni açmış tez canlı çiçekler göze çarpıyor. Hiçbir şey yapmadan banklarda oturan yaşlı insanlar dışında kimse olmuyor. Kediler bile yok. Birkaç sene önce, salgınla mücadele kapsamında sokak kedilerini toplamışlardı, tanışmayan insanlar arasında ayaküstü sohbetleri tetikliyor diye. Daha döküntü mahallelerde yeniden ortaya çıktılar ama burası kedilerden hâlâ başarıyla korunuyor. Biraz abartılı bir önlem gibi görünüyor olabilir ama hiç belli olmaz. Siz "Aman ne şeker şey" dersiniz; yanınızdaki, götünden çıkan zaman sarmalından falan bahsetmeye başlar, sonra al başına belayı.

Son gittiğimde Şule'yle orada karşılaştık. Ben sırtımı bir ağaca dayamış, yere oturmuş düşünüyordum. Ne düşünüyordum hatırlamıyorum, muhtemelen öğlen ne yiyeceğimi. Şule'yi gördüm uzaktan, yanında bir köpek vardı. Turuncu renkli, uzun tüylü, sarkık kulaklı, yüzde doksanının adı Tarçın olan köpeklerden... Elimi kaldırdım, Şule gördü, yanıma geldi.

"Ne güzel bir köpek," dedim. "İsmi ne?"

"Tabiat."

"Güzel isim."

Anlamı da güzel.

Lakin, Şule bana doğru yürüdükçe, onun ayakları geri geri gidiyor, Şule'nin arkasına saklanıyor, yanıma yaklaşmak istemiyor. Alışkın olduğum bir durum. Bu hayvan türünün son zamanlarda bana sıcaklık gösterdiği söylenemez. Şule köpeğin davranışına şaşırmış gibi.

"Endişelenme," dedim. "Köpekler benden pek hoşlanmaz."

"Öyle mi? Neden?"

"Bilmem. Hoşlarına gitmeyen bir koku alıyorlar herhalde."

Çimlerin üstüne, yanıma oturdu. Tabiat da onun arkasına oturdu ve başını çimlerin arasına gömdü.

Şule, şu yan oturuşu ve esrik gülümsemesiyle bir an için Derya'yı hatırlattı bana. Derya'yla benzeştiklerini daha önce düşünmemiştim. Fiziksel olarak pek benzer değiller ama tarzlarında yeni fark ettiğim tuhaf bir paralellik var. Ellerini, havada kavisler çizerek, dans eder gibi hareket ettirişi, hep hafif nemli gibi duran gözleri, sakin, huzurlu hâli, sanki sürekli biraz sarhoşmuş gibi, bir şey içmesine gerek olmadan. Ama arka planda çok net sezilen bir kararlılık ve cesaret.

"Ne oldu?" dedi.

"Nasıl yani?"

"Gülümsüyorsun."

"Öyle mi? Farkında değilim. Bana hatırlattığın şeylerden olsa gerek."

"Ne hatırlatıyorum sana?"

"Çeşitli şeyler. Güzel şeyler."

"Bana hâlâ kızgın olduğunu sanıyordum."

"Neden kızgın olayım?"

"Seni SMK'ya ihbar ettiğimi düşünüyordun ya."

"Hmm... Evet. Galiba bir an için çevremdeki herkesin bana karşı büyük bir komplonun parçaları olduğu hissine kapıldım. Aslında beni ihbar etmiş olsaydın bile, sana kızmak aklımın ucundan geçmezdi herhalde. Çünkü sen..."

Göz göze geldik. Başını önüne eğdi utangaçça. Kalbim çarpmaya başladı aniden.

"...bana güzel şeyler hatırlatıyorsun," dedim.

Bu tatlı heyecana bünyem o kadar yabancıydı ki mideme bir sancı girdi. Çok uzun zamandır bir arzudan kaynaklanan bir heyecan duymamıştım. Hayatımdaki bütün heyecanlar, korkulardan kaynaklanıyordu.

"Artık öyle düşünmüyorsun herhalde," dedi Şule. "Yani sana karşı bir komplo kurduğumuzu."

"Doğrusunu istersen, hiçbir şeyden emin olamıyorum. Sana güvenmeye karar verdim sadece. Her şeyden şüphe ederek hiçbir yere varamazsın. Bir şey düşünebilmek için bile en az bir söze güvenmek zorundasın. Ben de sana güveniyorum işte."

Böyle konuşmak hoşuma gidiyordu, heyecanımı yatıştırıyordu biraz. Şule'nin de hoşuna gitmişti bu sözler herhalde, yüzüne bir gülümseme yayıldı. Aramızda bir tek Tabiat hâlâ son derece gergin görünüyordu.

"Sana iyi haberi vermeye gelmiştim aslında, evde bulamayınca burada olabileceğini düşündüm. Pazartesi işe başlayabilirsin. Yeni kimliğin hazır, Can Öztaş adıyla."

Bunun benim için iyi haber sayılacağı tartışmalıydı tabii ama yine de sevinmiştim. İşin doğrusu, Şule'nin çekimine kapılmıştım, onun yanında olmamı sağlayacak her haber, benim için iyi haberdi. Ne bana verecekleri iş umurumdaydı, ne salgın, ne de çatlayasıca kafatasımdan dünyaya yayılan ısı. Şule'den başka bir şey düşünemiyordum. Bunun olmasını istemiyordum ama oldu bir şekilde.

"Viktor'la tanışacağın için çok heyecanlıyım," dedi Şule.

Bu Viktor'un adı geçtikçe içim sıkılıyordu. Aralarında bir şey var mı, deli gibi merak ediyordum ama sormak istemiyordum.

Bir genç kadın gelip içindeki bu duyguyu uyandırdığında (adına ne diyeceğimi bilmiyorum, aşk değilse de ona yakın bir şey) geride kalan hayat, acılarla ve yaralarla öğrenilen onca şey, içine yerleşen onca korku, kişiliğin haline gelmiş sonsuza uzanan tedirginlik bir anda kayboluyor sanki. Geçmiş geri çekiliyor, gelecek öne çıkıyor. Hem büyüleyici hem ürkütücü. Yeniden lise çağlarındaymışım gibi, aralarında bir şey var mı diye merak ediyorum. Bana ne!

Yine de tutamadım kendimi. "Viktor'dan bayağı hayranlıkla bahsediyorsun," dedim.

"Üzerinde çalışacağımız onun projesi," dedi. "Ayrıca çok ilginç biri, tanıyınca göreceksin."

"Evet, ben de merak ediyorum," dedim. Ne diyeyim!

Sustuk bir süre. Şule çimlerin arasından kafasını kaldırmayan köpeğin başını okşuyor, ben de onu seyrediyorum. Bir an çok özel bir an yaşadığımı hissettim. Şule karşımda, üzerine yumuşak bir ışık düşmüş, yüzünde incecik bir gülümsemeyle oturuyor ve ben onun güzelliğine istediğim kadar bakabilirim. Çevremizdeki ağaçlar, Şule'nin pırıl pırıl parlayan görüntüsüne solgun bir arka plan olmuşlar. Bir tablo gibi ama hiçbir tabloya gerçekte olduğu haliyle aktarılamayacak bir güzellik... Eskiden sosyetik ve kalabalık olan Bebek, şimdi tüm sükûnetini bize sunmuş. Aşkı yalnız başınıza yaşarsınız aslında ve ancak benim şu anda yaşadığım kadar yaşayabilirsiniz. Aşkımın nesnesi karşımda duruyor, elimi uzatsam dokunabileceğim uzaklıkta. Ama bana ait değil. Henüz değil. Ve olmasını da istemiyorum. O orada, o belli belirsiz gülümsemesiyle dursun ve ben hep ona bakayım istiyorum. Konuşma yok. Yanlış anlaşılma yok. Acınası iletişim çabamız aradan çıkmış. Zaman var sadece, öncelerden sonralardan bağımsız olarak zamanın kendisi. Karşımdaki eşsiz güzelliğe bakıyorum ve zamanın damla damla akışının tadını çıkarıyorum. Ne geçmiş var, ne gelecek. Geçmişin tüm acılarından, geleceğin tüm kaygılarından sıyrılmış haldeyim (şu köpeğin ters bir hareket yapmasından fena halde kıllanmamı saymazsak tabii).

18

Pazartesi günü Şule'yle üniversitenin üst kapısında buluştuk. Buralar son gördüğümden beri bayağı değişmiş. Üniversitenin çevresine yayılan öğrenci ekonomisi, fotokopiciler, kitapçılar, büfeler, kafeler artık yok. O mekânlar harabe halinde. Kampüs girişi demir parmaklıklarla örülmüş, kafes tipi turnikelerden geçerek giriliyor. Şule'den öğrendiğime göre bütün öğrenciler kampüsün içindeki yurtlarda kalıyorlar. Hafta sonu belli saatler dışında, acil bir durum olmadıkça bu kapıdan geçmeleri yasak. Acil bir durum olduğunda da özel izin almaları gerekiyor. Öğretim üyeleri için kurallar biraz daha esnek, her gün bir giriş bir çıkış yapmalarına izin var.

Amacın, dışarıdan bakınca anlaşılamayacak ve güvenlik görevlilerinin de kimlik sorarak tespit edemeyeceği bir hastalığı dışarıda tutmak olduğu düşünüldüğünde, aptalca önlemler gibi geliyor. Ama biraz da olsa işe yarıyorsa, başıboş bir abuğun elini kolunu sallayarak içeri girmesine ya da biraz gezinmek için kampüs dışına çıkan bir öğrencinin hastalığı kapıp geri dönmesine engel oluyorsa, bütün bu önlemlere razı oluyorsunuz.

Kampüsün içi de bildiğimden farklı. Binaların sıvaları dökülmüş, bazı camları kırık. Derme çatma yapılmış yeni binalar da var, eskiden ağaçlık olan yerlerde. Çevre son derece bakımsız görünüyor. Etraf kalabalık ama bu kalabalıktan çıkmasını bekleyeceğiniz uğultu yok. Herkes sessizce bir yerlere yürüyor ya da bir şeylerle uğraşıyor. Uğursuz bir sükûnet hâkim.

Şule'yle mühendislik binasına girdik. Sınıflara girip çıkan öğrencilerle dolu ilk iki katı geçtik, doğrudan Viktor'un üçüncü katta, ıssız bir koridorun en ucundaki odasına yöneldik. Şule kapıyı çaldı, cevap gelmedi. Birkaç saniye bekleyip içeri girdik. Viktor olduğu anlaşılan kişi, bir kanepenin üstünde, bize arkası dönük ve hafiften kıçının çatalı görünür halde uyumaktaydı. Aniden uyandı, (tahminen) tumturaklı bir Rusça küfür savurarak ayağa fırladı. Bizi görünce birden yumuşadı, "Aaa, hoj geldiniz, buyrun," diye bizi köşedeki masaya davet etti.

Bayağı tuhaf bir tip Viktor. Saçları, kaşları, kirpikleri sapsarı, vücudunun her yeri, yüzü de dahil, dikey doğrultuda uzatılmış gibi. Çok uzun boylulara özgü bir sarsaklığı var, hareket ederken bir şeyleri devireceği korkusuna kapılıyorsunuz.

Bize çay ikram etti, havadan sudan konuştu biraz. Rus aksanıyla kırık bir Türkçe konuşuyor ama anlaşılıyor. Oturduk, çaylarımızdan birer yudum aldık. Bir sessizlik oldu. Viktor, gözlerini bana dikti. Elini başıma doğru uzattı. Başka bir şey yapsa şaşardım zaten.

"Müsaade eder misiniz?"

"Tabii, kendi kafanız gibi..."

Güldü. En azından şakadan anlayacak kadar Türkçe biliyor. Avucu alnıma gelecek şekilde kafamı kavradı koca eliyle. "Ah" diye bir ses çıkardı, şaşkın-hayran arası, hatta biraz erotik bile denilebilecek bir tonla.

"Kafa sıcak," dedi sırıtarak.

"Diyorsun," dedim.

Hımladı, ayağa kalktı, masanın hemen yanındaki kitaplıktan bir dosya buldu, benim önüme koydu. "İngilizce var?"

"Var biraz."

Özenle dosyalanmış bir yazıcı çıktısı... Başlığı "*Cranial Hyperthermia in ARDS Recovery Process*". Yazan Mary J. Esterhazy. Doğru anladığımdan emin olmak için birkaç kez okudum. ARDS iyileşme sürecinde kafatasının aşırı ısınması üzerine bir makale. Benim durumumdan bahsediyor. Sadece bana özgü değil demek ki. Üzerine makale bile yazılmış.

"Bu... nasıl... kim..." diye kekeledim. Şaşkına dönmüştüm.

"İnternette buldum makale," dedi Viktor. "Yazar kayıp maalesef. Çok aradık konuşmak için ama yok." Dosyayı kendi önüne çekti, sayfalarını çevirirken devam etti: "İki vaka var diyor, minimum. Sen oldun üç. Belki daha çok. Bilmiyoruz." Dosyada bir sayfa buldu, parmağını bir paragrafın üstüne koyarak tekrar benim önüme sürdü. "Şurası... eee... *intiriyesnıy*," dedi, Şule'ye döndü.

"İlginç" diye tercüme etti Şule.

"Sen Rusça biliyor musun?"

"Çok az."

"Çok şiirsel bir dilmiş diyorlar, doğru mu?"

"Yoo... Ne bileyim, dil işte, diğerleri gibi."

Viktor'un gösterdiği yeri okudum. ARDS'nin etkisinden kurtulma aşamasındaki hastalarda ortalamada zaten yüksek olan kafa sıcaklığının, abuklamaya maruz kalındığında daha da yükseldiğini anlatıyor, ki bildiğim bir durum. Bu durumdaki bir gönüllü hasta, uygun soğutma tedbirleri alınarak (ne demekse) bir deneye tabi tutuluyor. Bir saat sürdürülen deney boyunca, abuklayan bir ARDS hastasıyla konuşturuluyor. Sıcak kafalı dostumuz yeniden ARDS'ye yakalanacak mı diye bakılıyor. Öyle bir şey olmuyor. Dahası, deney sonrası kendisinden alınan ifadeye göre, karşısındaki ARDS hastası bir süre sonra, biraz daha mantıklı denilebilecek cümleler kurmaya başlıyor.

Bu iddia birçok şüphe uyandırıyor. Öncelikle bir insanın böyle bir deneye nasıl gönüllü olduğu anlaşılır şey değil. Belki, bende olmayan, kendini bilim için feda etme yüce gönüllülüğüne sahip olmak gerek. Ya da gönüllü, neye gönüllü olduğunun farkında değildi. Ayrıca, ARDS hastasının cümlelerinin giderek daha mantıklı gelmesi, ARDS'ye yakalanmanın da tipik belirtisi. Bu deneye katılan kişinin ifadesine dayanarak, ARDS hastasının gerçekten daha mantıklı cümleler kurmaya başladığı sonucuna varmak biraz zor. Bu koşullar altında, sıcak kafalının bildiğimiz abuklamayı daha mantıklı bulmaya başlaması da aynı derecede güçlü (hatta daha güçlü) bir olasılık.

Bir başka şüphe kaynağı da, aslında deneyi uygulayanların da deneye katılan kişi kadar risk almak zorunda olması. Çünkü sıcak kafalının ARDS'ye yeniden yakalanmadığına kanaat getirmek için onunla konuşmaları gerekir. Yakalanmış olsa onlara da bulaştırabilir anlamına gelir bu. Tabii makaleyi yazan kişinin şu anda kayıp olması da bütün bu şüphelere tuz-biber ekiyor.

Aslında bu açıdan bakınca bu makaleyi okumak bile riskli, çünkü bir ARDS hastası tarafından yazılmış olabilir.

Bütün bunlar aklımdan geçerken, ilk sorduğum şey, arada duyup takıldığım bir söz oldu: "Soğutma tedbiri ne demek?"

"İlaçlar... Bir de soğutma başlığı."

"Ateş düşürücü ilaçlar işe yaramıyor. Bunu biliyor olmaları lazım. Eğer bahsettikleri benimkiyle aynı durumsa tabii."

"Yok, ateş düşürücü değil, anti-depresan gibi," dedi Viktor.

"Anti-depresan?"

"Gibi... Tam değil."

"Nasıl yani? O ne demek?"

Şule lafa girdi: "Makalede ayrıntılı tarifleri var. Beyinde ateş yükselmesini tetikleyen süreci yavaşlatan ilaçlar geliştirmişler. Prensip olarak anti-depresanlara benziyor ama etkileri farklı."

"Soğutma başlığı ne peki?"

"İçinde bir tür soğutma mekanizması olan bir başlık. Buzdolabına benzer bir mantıkla işliyor. Üzerinde çalışıyoruz hâlâ."

Bu arada Viktor kalktı, bir dolaptan motorsiklet kaskına benzer, siyah bir şey çıkardı, masaya koydu, yerine oturdu. Üçümüz masanın üstündeki tuhaf objeye baktık bir süre.

Bir gülme geldi. Bir an evcilik tarzı bir oyun oynamakta olduğumuz gibi bir hisse kapıldım. Sanki salondaki sandalyeleri ters çevirerek yaptığımız laboratuvarda, televizyonda gördüğümüz uyduruktan bilimkurgu dizilerinden sahneler canlandıran sekiz yaşında çocuklarız. O küçük odacığın içinde, ne hayal edersek, o an gerçek oluyor. Sorunları çözmek için çözüldüğünü hayal etmemiz yeterli. Dışarıda normal hayat devam ediyor, bütün bu saçmalıkların olmadığı gerçek hayat. Babam hâlâ yaşıyor, annem hâlâ beni seviyor. Birazdan buradan çıkıp, yemeğimi yiyip, sütümü içip yatacağım ve babam bana hikâyeler anlatırken rüyalara dalacağım, tazecik çocuk bedenim, zedelenmemiş beynim ve hiç bitmeyecekmiş gibi gelen ömrümle. Bu his o kadar güçlüydü ki kahkahalarıma engel olamıyordum. Viktor ve Şule'nin kaygılı bakışları durumu daha da komik hale getiriyordu.

Sonunda sakinleştim.

"İyi misin?" diye sordu Şule.

"İyiyim, evet, hatta çok iyiyim. Uzun zamandır bu kadar iyi olmamıştım."

"Ciddi misin, dalga mı geçiyorsun?"

"Ciddiyim, sayenizde neşem yerine geldi."

Bunu der demez bir nefes alamama hali hasıl oldu. Kendimi dışarı zor attım. Koridorda yürüyüp derin birkaç nefes aldım. Dönüp baktığımda Şule odanın kapısındaydı, beni izliyordu. Ona doğru yürüdüm. Yüzünde üzgün, belki biraz suçlu denebilecek bir ifade vardı.

"Proje seni hayal kırıklığına uğrattı galiba," dedi.

"Projenin ne olduğunu anladığımdan emin değilim. Benim o başlığı takıp abuklarla sohbet etmemi mi bekliyorsunuz?"

"Sadece o değil. Sonuna kadar dinle, öyle karar ver."

Bu neredeyse ağlamaklı hali, bende uyanabilecek ne kadar şefkat duygusu varsa uyandırıyordu. İçimden saçlarını okşamak geldi. Tutmadım kendimi bu sefer. Ellerimi saçlarının arasında dolaştırdım. Gülümsedi. Sırf bu gülümseme için neleri feda edebilir insan?

"Tamam," dedim, "dinleyeceğim."

19

Birlikte tekrar odaya girdiğimizde; Viktor, soğutma başlığı dedikleri zımbırtıyı, ilk günden burnuma dayamanın abartılı bir hareket olduğunu fark etmiş olsa gerek, aldığı dolaba yerleştiriyordu. Sandalyelerimize oturduk. Viktor, çaylarımızı tazeledi. Kırık Türkçesiyle anlatmaya başladı tekrar.

"Bir şey soracağım," dedi. "Neden normal insan hasta oldu, hasta insan normal olmadı?"

Bu cümleye anlam veremedim, Şule'ye döndüm. Şule açıkladı: "Yani diyor ki, sence neden hasta insan, hastalığını normal birine konuşarak bulaştırabiliyor ama normal birisi konuşarak bir hastayı normal hale getiremiyor?"

"Bilmiyorum. Zaten bunu bilsek olayı çözerdik, değil mi?"

"Viktor bunun olabileceğini düşünüyor. Yani normal bir insanın konuşarak bir hastayı iyileştirebileceğini... Sadece yeterli zamana ihtiyacı var."

"Bu makaleye dayanarak mı böyle söylüyor?"

"Hayır, kendi çalışmaları da var. Aslına bakarsan senden esinlenmiş bu işe girerken. Yani SMK'da ekibinle yaptığınız çalışmalardan..."

"Evet," dedi Viktor, "fazla data yok ama fikir var. Çok doğru metot. Ama çok zor, çok kompleks. Ben daha basit düşündüm, istatistik ile. Anlatmak zor." Şule'ye döndü, "Sen anlat," dedi.

"Viktor, hastalarla konuşan bir bilgisayar programı yazdı. Adem'le birlikte yazdılar daha doğrusu. Viktor algoritmayı geliştirdi, Adem de programın Türkçe cümleler kurmasını sağladı."

"Adem çok akıllı genç," diye araya girdi Viktor.

"Evet," dedi Şule. "Onunla da tanışacaksın."

"Tanışırız tabii de," dedim, "bu anlattığınızla benim sıcak kafam arasında ne bağlantı var, onu anlayamadım."

Viktor ve Şule, birinin takıldığı yerde öbürü sözü alarak, projelerini ayrıntılarıyla anlattılar.

Başlangıç noktası olarak, ARDS hastalığının bir tür zihinsel yıkım olduğunu kabul etmişler. Yani hastalığın, sağlıklı insanların konuşmayı öğrendikleri zamandan beri akıllarında şekillenen dilsel ve mantıksal yapıları yıktığını varsaymışlar. Bu varsayımın gerekçesi, abukların davranışlarında birbirlerine konuşma yoluyla anlamlı bilgiler ilettiklerine ve abuklama yoluyla gerçek bir iletişim kurabildiklerine dair bir kanıt elde edilememesi. Yani, eğer bizim abuklama olarak algıladığımız cümleler, abuklar için anlamlı olsaydı, abukların davranışlarını gözlemleyerek birbirleriyle bilgi alışverişinde bulunduklarını anlayabilirdik. Hayvanları gözlemleyerek varabildiğimiz sonuçlara benzer şekilde... Böyle bir şeyi göremediğimize göre, abuklama dediğimiz şey gerçekten de abuklamadır; yani onlar da birbirini, bizim onları anladığımız kadar anlıyorlar.

Öyleyse, diyorlar, bu insanların mantık zinciri, nasıl konuşma yoluyla yıkıldıysa, aynı şekilde konuşma yoluyla yeniden kurulabilir. Biz bunu, ARDS'nin nasıl bulaştığını ve nasıl yayıldığını anlamadan da deneyebiliriz. Tıpkı konuşmayı yeni öğrenen bir çocuğa temel doğruları öğrettiğimiz gibi, ya da felç hastalarına fizik tedaviyle bazı hareket becerilerini yeniden kazandırabildiğimiz gibi, ARDS hastalarına da mantıksal becerilerini yeniden kazandırabiliriz. Bunun için fizik tedaviye benzer bir tür dil terapisi gerekiyor.

Bunun normal koşullarda yapılamamasının tek nedeni, yıkmanın kurmaktan daha kolay olması. Termodinamiğin ikinci yasası: Düzensizlik her zaman artar. ARDS hastasıyla konuşan sağlıklı bir insan, yeterli zamanı olsa hastayı kendi tarafına çekebilecek ama bunun için onun zihninde bir şeyler kurması gerek. Oysa ARDS yıkıp geçiyor, o yüzden zamana ihtiyacı yok. Maksimum düzensizlik ilkesi ARDS'nin yararına işliyor, bu yüzden hep ARDS galip çıkıyor.

Ama hastalığa karşı bağışıklığı olan biri bunu yapabilir. Hatta eğer o, birilerini iyileştirmeyi başarırsa, büyük olasılıkla onlar da aynı bağışıklığa sahip olacaklardır. Böylece eğer bu yöntemle bir kez birini iyileştirmeyi başarırsak, gerisi çorap söküğü gibi gelecek. Çünkü iyileştirdiğimiz herkes potansiyel birer iyileştirici olacak.

Aslında abuklarla konuşan bilgisayar programının ilk testlerinden sonra şekillenmiş bu fikir. Başlangıçtaki hedefleri, abukların konuşmalarını dinleyerek abuklamayı öğrenecek bir bilgisayar programı tasarlamakmış. Program, kelime sıklıkları temel alınarak eğitilmiş bir yapay zekâ uygulamasıymış. Kendi kurduğu cümleler dilbilgisel açıdan doğruymuş. Ama cümlelerin öğelerini oluşturan sözcükler, anlamından bağımsız olarak, kelime sıklığı istatistikleri ve kelimelerin birbirlerine yakınlıkları dikkate alınarak hesaplanan parametrelere göre seçiliyormuş. Bu değerler de sonuçlara göre sürekli güncelleniyormuş. Sonuçlar, abukların programın konuşmasına nasıl tepki verdikleriyle ilgili bazı ölçümlerle belirleniyor. Oradan alınan veriler, sözcük seçimlerinde kullanılan parametrelerin güncellenmesinde kullanılıyor. Bu döngü sürdükçe program da eğitilmiş oluyor. Sonunda varmak istedikleri nokta, programın aynı abuklar gibi abuklaması. Bunun nasıl kullanılabileceği konusunda net bir fikirleri yokmuş, ama elde abuklayan bir bilgisayar olduktan sonra, oradan ARDS hastalığına dair öğrenilebilecek bir şeyler de mutlaka olur diyorlarmış.

Bu testler sırasında beklemedikleri bir sonuçla karşılaşmışlar. İlk denemelerden sonra abukların bazıları, programla tekrar konuşma konusunda son derece gönülsüzmüş, bazıları ise özellikle istekliymiş. Dahası istekli olan grupla isteksiz olan grup, kalan zamanlarında da birbirlerinden bir parça ayrılmışlar. Daha doğrusu, programla konuşmayı sevenler, birbirleriyle de daha çok konuşur olmuşlar. Üstelik, kendi aralarında konuşurken kullandıkları kelimelerin sıklığına bakıldığında, programla konuşurken geçen kelimelerle beklenenden fazla bir korelasyon tespit edilmiş. Yani, kendi aralarında, programdan duyduklarını tartışıyor gibi bir halleri varmış. Hatta klinik çalışanlarında, bu hastaların hal ve tavırlarının eskisine göre daha bir normalleştiği izlenimi oluşmuş.

Buradan, programın iyileştirici bir etkisi olabileceği sonucunu çıkarmışlar. Eğer böyle bir şey varsa, bunun üzerine gitmenin daha doğru olacağına karar vermişler ve böylece proje yön değiştirmiş. Uygulamada buna göre değişiklikler yapmışlar. Programın abuklamayı öğrenmeye çalışmak yerine, temel gerçekleri ve neden-sonuç ilişkilerini anlatan düzanlamlı cümleler kurmasını sağlamışlar. Değişik kaynaklardan buldukları kalıpları ve cümleleri kullanmışlar bunun için. Bunları da mümkün olduğunca mecazlardan, cinaslardan, kinayelerden arındırmışlar. Bir noktaya kadar, hastaların ne derece iyileşme yolunda olduğu hakkında fikir yürütmek için ölçtükleri değerlerde bir yükseliş görülmüş. İyice umutlanmışlar. Ama bir yerden sonra gelişme durmuş, hatta geriye doğru gitmeye başlamışlar. Nerede hata yaptıklarını çözememişler hâlâ. Sonuçta proje kilitlenmiş.

Bu arada Viktor ve arkadaşları benim durumumdan haberdar olmuşlar. Viktor bana gösterdiği makaleyi bulmuş.

Kısacası, hem benim önceki tecrübelerimden, hem de hastalığa karşı bende var olduğunu düşündükleri bağışıklıktan yararlanmak istiyorlar. Bilgisayar programının yapmaya çalıştığı şeyi ben doğrudan abuklarla konuşarak yapabilirim. Tabii, hipertermi yüzünden bu pratikte mümkün olmayabilir. Öyle olsa bile, kısa sürelerle de olsa abuklarla konuşabilirsem, projenin takıldığı yerleri daha hızlı tespit edebilirler, gerçekten işe yarayıp yaramadığını görebilirler. En azından doğru ve etkili cümleleri kurabilmek için daha kapsamlı bir teori geliştirebilirler.

Proje özetle bu.

Son birkaç aydır yaşadıklarım, bu sarı çıyanın mı başının altından çıkmıştı acaba?

"Abukların davranışlarında gördüğünüz değişiklikler..." dedim. "Bunların bir iyileşmenin belirtisi olduğunu kabul etmek için elle tutulur bir neden göremiyorum. Onlara bir tür uyaran veriyorsunuz ve bunun karşılığında bazı değişiklikler gözlemliyorsunuz. Bu zaten beklenen bir şey değil mi?"

"Eğer hiçbir değişiklik görmeseydik şaşıracak mıydık?" dedi Viktor (daha doğrusu Türkçesi böyle olan bir şeyler).

"Hayır, herhalde o daha beklenen bir sonuç olurdu. Ama anlattığınız şeyler, bir iyileşme olduğuna kanaat getirmek için bana çok zayıf göründü."

"Çok şüphecisin," dedi Şule.

"Elimde değil. Şimdiye kadar görüp yaşadıklarımdan sonra..."

"Ama bunun bir ihtimal olduğunu yadsıyamazsın, değil mi?"

"Evet, böyle bir ihtimal var. Ama bu ihtimale dayanarak, beni nasıl bir riske atacağınızın farkındasınız herhalde."

"Başka şans yok," dedi Viktor. "Sen olmazsan proje biter."

Bir sessizlik oldu. Yardım etmeyi gerçekten istiyordum ama ortada yardım etmeye değer bir proje olduğuna emin olmalıydım.

"Tamam, projenizi inceleyeceğim. Ama Özgür gelmeden hiçbir ilaç almam ve o zımbırtıyı kafama takmam. Onun dışında yapabileceğim bir yardım varsa, yapmaya hazırım."

"Özgür gelmeden mi?" dedi Viktor.

"Evet, Özgür Çağlar... O da bu projeye dahil olacak değil mi? Almamı istediğiniz ilaçların onun kontrolünden geçmesini istiyorum. Kendisi uzman nörolog ve farmakologdur, aynı zamanda benim durumumu en yakından bilen kişi. Ondan onay almadan herhangi bir ilaç almak istemiyorum."

"Evet, anlıyorum," dedi Şule. "Ama Özgür Bey'in projeye katılması bayağı zaman alabilir. Bildiğim kadarıyla hâlâ tutuklu."

"Fazıl Bey, tahliye edilmesini sağlayacağını söylemişti."

"Biliyorum, büyük ihtimalle sağlayacaktır. Ama ne kadar zaman alacağını bilemiyorum. Babamla tekrar konuşup son durumu öğrenirim."

"Tamam," dedim.

Önümde duran makale dosyasını karıştırdım biraz, rastgele bir yerinden okumaya başladım.

"Birazdan yemeğe gideriz birlikte," dedi Şule.

Başımızla onayladık. Ben tekrar dosyaya döndüm. Bir ara başımı kaldırdığımda Viktor'la göz göze geldik. Zoraki gülümsedi. Gülmenin bu kadar yakışmadığı birini görmemiştim daha önce.

"Boyun kaç senin?" dedim.

"İki," dedi.

Uzun bir boy için kısa bir cevap... Başımı sallayarak takdirlerimi belirttim.

20

Yemekte ekibin kalanıyla da tanıştım. Viktor ve ben dışında herkes oldukça genç, muhtemelen yetişkin hayatlarında ARDS'nin olmadığı bir dünya görmemişler. Hepsi de bana tuhaf bir merak ve hayranlıkla bakıyor. Beni soru yağmuruna tutmak için içleri içlerini yiyor ama belli ki bu konuda bir uyarı almışlar, pek bir şey sormuyorlar.

Bana "Can Bey" diye hitap etmelerini garipsedim önce, halbuki Şule'yle bu konuda antrenman yapmıştık. "Can Öztaş" ismini de ben seçmiştim, Yeni Dalga sinemasının tutkunu olduğum günlerin anısına. Yavaş yavaş alışacağım herhalde. Viktor ve Şule dışında gerçek adımı bilen yok ama hepsi durumumu biliyor.

Yazılım uzmanı Adem dışında, tıp doktoru ufak tefek gözlüklü bir kız var, adı Esra. Bir de kız mı erkek mi olduğunu anlayamadığım Gökçe var, dilbilim bölümünden. Benim de katılmamla bir voleybol takımı kurabilecek sayıya ulaşmış oluyoruz.

Öğleden sonra, bölümdeki korunaklı bir odada bulunan bir bilgisayardan internete girdim, yıllar sonra ilk kez. Nasıl yapacağımı ve aradığım şeye nasıl ulaşacağımı göstermek üzere Adem de yanımdaydı. Güvenilir bir arama motoru olmadığı için, çoğunlukla sayfaların birbirine verdiği linkleri kullanarak ilerlemek gerekiyor. Linklerin kopuk olma ihtimali de oldukça yüksek. Adem, internetteki çoğu bilgisayarın buradaki gibi mütevazı makineler olması yüzünden böyle olduğunu söylüyor, eski zamanlardaki gibi, yedekleri ve aynaları olan ve her an ayakta kalan devasa sunucular yok, olanlar da internet aracılığıyla ulaşılabilir durumda değil. Dolayısıyla internette gezinmek biraz zahmetli. Tabii hastalıklı içeriğe karşı da dikkatli olmak gerekiyor. (Adem, videolardan uzak durmak gerektiğini özellikle belirtti.)

Biraz uğraştıktan sonra neyi nasıl arayacağıma dair bazı fikirler edindim ama yine de işe yarar bir şeye ulaşamadım. Elbette benim aradığım şeyleri Viktor defalarca aramış olmalı. Yine de başka bir gözün bakmasının fark yaratabileceğini ummuştum.

Niyetim burada yürütülen projeyle ilgili olabilecek bir şeyler bulmaktı, özellikle Batılı kaynaklarda. Daha doğrusu, mantığımın bana saçma denmeye yakın derecede umutsuz olduğunu söylediği bu projeyi biraz da olsa haklı çıkaracak ve bunun bir parçası olma yönünde duyduğum anlaşılmaz isteği bir nebze de olsa destekleyecek bir veri kırıntısına ulaşmaktı.

Bir umut arayışı da denebilir. Ya da var olan umudu kaybetmemek için bir arayış.

Umut dediğimiz duyguda açıklanmaya muhtaç bir tuhaflık olduğunu düşünmüşümdür. "Bir umuttur yaşamak" gibi laflarla yüceltildiğini görürüz sık sık. Her şeye rağmen umudunu kaybetmeyen karakterlerin hikâyelerini izleriz ya da okuruz. Oysa aslında, aklın, geleceğe ait bir olasılığı gerçektekinden farklı algılamasından başka bir şey değildir. Beklediğimiz, arzu ettiğimiz sonucun gerçekleşme olasılığını olduğundan yüksek sanma eğilimindeyiz. Rulet denilen oyunun yeterli zekâda ve akıl sağlığı yerinde kabul edilen insanlar tarafından oynanabiliyor olması bile bunun için yeterli kanıttır. Peki neden böyle bir şey var? Neden insan, küçük bir olasılığı, sırf gerçekleşmesini çok istediği için olduğundan büyük görüyor? Bir de adına "umut" diyerek methiyeler düzüyor?

Belki de durum tam olarak böyle değildir. Burada sadece olasılığın büyüklüğü değil ona karşı duyduğumuz istek de denkleme katılmalı. Aslında dikkate almamız gereken bu ikisinin çarpımıdır. Çünkü gerçekçi bir karar verebilmek için, sadece olasılıkları değil onların gerçekleşmesinden beklenen kazançları ve gerçekleşmemesinin getireceği kayıpları da dikkate almalıyız.

Kendi açımdan bakınca şunu sormam gerekir: Salgının her yanı sardığı bir dünyada sürekli hafif ateşte pişmekte olan beynimle, risklerden sonsuza kadar kaçınarak ulaşabileceğim mutlu bir gelecek var mıdır? Tek mesele, kalabildiğin kadar uzun süre hayatta kalmak mıdır?

Soğukkanlı bir şekilde düşündüğümde, bu orta gelişmişlikteki ülkenin mezbeleliğe dönmüş üniversitesinde, dünyanın baş aşağı gidişini tersine çevirecek bir icatta bulunma olasılığımızı sıfıra yakın görüyor olsam da, bunun içinde yer almak, nereden bakarsam bakayım, dışarıda kalıp ölümü beklemekten daha anlamlı geliyor bana. Şule yüzünden mi? Belki de öyle.

Onun yürek ısıtan gülümsemesini her gün görme düşüncesi bile kendi başına diğer her şeyden daha anlamlı.

Öyle bir zamanda yaşıyoruz ki, olup bitenlerin nedenlerini ya da şimdi olanların gelecekteki sonuçlarını kestirmek şöyle dursun, tam anlamıyla ne olup bittiğinin bile farkına varabilecek durumda değiliz. Hiç kimse güvenilir değil. Bugün güvendiğiniz bir kişi yarın bambaşka âlemlere yelken açmış olabilir. Bu durumda duygularınıza güvenmekten başka çareniz yok.

Benim duygularım da, kalabildiğim sürece, bu üzüm gözlü kızın yanında kalmamı söylüyor bana. Bu kadar basit!

Sevmek Birçok Şeyi Göze Almaktır

21

Mayıs ayının on sekizinde, televizyon haberlerinde, Şişli, Kâğıthane, Beyoğlu ve Eyüp ilçelerinden bölümleri kapsayan, şehrin en büyük değilse de konumu açısından en kritik karantina bölgesinin sınırlarının çok sayıda noktada aşıldığı ve pratikte karantina işlevinin ortadan kalktığı ilan edildi. Bu, aslında şehrin bu yakasında yaşayan herkesin en az birkaç haftadır bildiği bir gerçeğin televizyon aracığıyla devlet ve SMK tarafından itiraf edilmesiydi.

Bu, sınırları en iyi korunan karantina bölgesiydi ama en çok saldırıya maruz kalanıydı aynı zamanda. İçeride çok sayıda sağlıklı insanın kalmış olması yüzünden sınırlar sık sık delinmeye çalışılıyordu. Bazen dışarıdan da destek alıyorlardı. Yer yer başaranlar da oluyordu ama küçük bir sızıntı sonrası sınır tekrar kontrol altına alınıyordu.

Bu kez, televizyonda denilene göre; saldırılar, aşağı yukarı eşzamanlı olarak, çok sayıda noktada ve daha çok kişi tarafından gerçekleşmiş. Pek çok yerde de sınırı korumakla görevli polislerin ve diğer görevlilerin, çatışmaya girmemek için sınırın geçilmesine göz yumduğu söyleniyor. Saldıranların sayısının içeride hâlâ sağlıklı kaldığı düşünülen nüfustan daha fazla olması dikkat çekiyor. Bir ihtimal içerideki sağlıklı sayısı sandığımızdan fazlaydı ve son aylarda patlak veren "abuk savaşları" nedeniyle daha önce kendini belli etmeyenler de, dışarı çıkabilmek için can havliyle harekete geçtiler. Bir diğer ihtimal de sınırlara saldıranlara bu kez abukların da eşlik ediyor olması, hatta belki de asıl saldıranların abuklar olması. Hangisi doğru olursa olsun, sonuçta sınırlar yıkıldı ve abuklar dışarı çıktı. Şimdi, devlet görevlileri, bu karantina bölgesinin sınırlarını tekrar kontrol altına almanın bir anlamı kalmadığını itiraf ediyorlar.

Benzer hadiseler daha önce başka yerlerde olmuştu ama ülkenin en büyük şehrinin merkezinde; Taksim, Beşiktaş, Şişli gibi sosyal hayatın düğüm noktalarının hemen yanı başında olması, bambaşka bir aşamaya geçtiğimizi gösteriyor. Bundan sonra, karantinaya dayalı bir şehir örgütlenmesi sürdürülemez. Diğer karantina bölgeleri de birer ikişer ortadan kalkacak. Çünkü dışarıdakiler ile içeridekiler arasında bir fark kalmamış olacak.

Bu durum, salgına karşı savaşı kaybettiğimiz anlamına gelmiyor. Aynı şeyi yaşayan başka ülkeler ve şehirler de oldu. Buna rağmen mücadeleyi sürdürüyorlar. Artık abuklarla bizi ayıran fiziksel sınırlara güvenemeyeceğiz, artık herkesle ve her yerle tek tek ilgilenmemiz gerekiyor. Hattı müdafaadan sathı müdafaaya geçiyoruz, başka bir deyişle. Belki de baştan beri yanlış yapıldı. Hastalığın önemli ölçüde yayıldığı bölgeler, panikle alınan acil kararlarla kapatıldı ve böylece içeride kalan sağlıklılar kaderlerine terk edilmiş oldu. Sağlıklılar böyle feda edildikçe abukların sayısı arttı. Aslında yapılması gereken, araziyi kontrol altına almaya çalışmak yerine abuklarla tek tek ilgilenmekti. Ama kimin abuk olduğunu kesin olarak anlamamızı sağlayacak bir yöntemin hâlâ bulunamamış olması bunu da son derece zor kılıyor.

Biz nispeten korunaklı bir ortamda çalışmalarımızı sürdürüyoruz. Klinik, üniversitenin dışında, Viktor ve Esra oraya gidip geliyorlar. Ben henüz gitmiş değilim. Günümü daha çok Adem'in yazılımını ve arkasındaki dilbilimsel kurguları inceleyerek geçiriyorum. Bazı yerleri de düzeltiyorum. Mesela bazı kelimeleri eklerine ayırmakla ilgili bir problem vardı. Program birden farklı şekilde ayrılabilecek olanlarda doğrusunun hangisi olduğunu tespit etmekte zorlanıyordu. Kelimeleri birbirinden ayırma başarısını da etkiliyordu bu. Oradaki performansı çok yükselten bir değişiklik yaptım, olası ayrıştırmalardan hangisinin doğru olduğunu bağlamdan çıkarmaya yönelik. Benim düzeltmelerimden sonra, deneklerin ne derece konuya bağlı kaldığına dair ölçümleri yeniden değerlendirdiğimizde, aslında sandığımızdan daha başarılı olduğumuz oraya çıktı.

Bu gelişme ekip içinde küçük çapta bir sansasyon yarattı. Aslında herhangi bir şeyi eskisinden daha iyi yapıyor değildik. Sadece, kendi koyduğumuz kriterlere göre, kendimizi daha iyi bir noktada görmeye başlamıştık. O kadarı bile moral vermeye yetti.

Benim açımdan da; bir toplumun işe yarar bir parçası olmak, yaptığın işin sonucunu görmek, çalışmanın karşılığını almak, başarıların için takdir edilmek gibi neredeyse unuttuğum mutluluk verici deneyimleri uzun aradan sonra yeniden yaşamak ilginç oluyor. Özellikle Şule'nin hayranlık dolu bakışlarını fark ettiğimde, ayaklarım yavaşça yerden kesiliyor ve göğe doğru yükselişe geçiyorum.

Daha önce pek yaşamadığım türden bir arkadaşlık oluştu aramızda, nasıl oldu bilmiyorum ama birden çok rahat konuşabilir hale geldik. Pek çok şey anlatıyorum, annemden ya da babamla ilgili hatırladıklarımdan bahsediyorum. SMK'da çalıştığım zamanlardan, salgından önceki hayatımdan, müzikten, filmlerden... Hiçbir sınır koymak içimden gelmiyor, hiçbir şeyi kendime saklamıyorum, aklımda ne varsa söylüyorum. Derya hariç, demeliyim. Onunla ilgili konuşmaya hazır değilim galiba. Ama onun dışında her şeyi anlatabiliyorum. Böyle bir şeye ne kadar ihtiyaç duyuyormuşum! Tekrar insana benziyorum yavaş yavaş. Ne işe yarayacağını sorgulamadan sosyal ilişkiler kuruyorum.

Şule de anlatıyor bayağı. Çocukluğundan, okuduğu okullardan, eski sevgililerinden bahsediyor (şu anda bir sevgilisi yokmuş, yeri gelmişken söyleyeyim). Ailesinden, özellikle de babasından söz etmekten biraz çekindiğini hissediyorum. Ama galiba bana özel değil, herkese karşı aynı. Baba orada değilken bile ağırlığı kızın üstünde. Ağırlığı olan babalar beni hep korkutmuştur.

Şule'yi zorlayacak sorular sormuyorum ben de. Küçük dertleriyle yakından ve gönülden ilgileniyorum. Saçını kestirip kestirmemek konusunda tereddütteyse mesela, benim de bu konuda bir fikrim oluyor mutlaka. Evet, önlerden biraz kısaltabilir ama arkada toplamak istediğinde sorun çıkarmaz mı? İçtenlikle söylüyorum bunları, gerçekten onun saçlarını toplarken yaşayabileceği zorluklar için endişeleniyorum.

Ufak tefek çekişmelerimiz de eksik değil. Asabi bir tarafı var. Özellikle gençliği ve tecrübesizliği ile ilgili yorumlardan hiç hoşlanmıyor. Luis Buñuel'den ya da King Crimson'dan habersiz olmasına şaşırmam onu kızdırıyor. Hiç öyle bir niyetim olmasa da onu ayıpladığımı ve ayıplanmayı hak etmediğini düşünüyor. Kızınca da kalkıp gidiyor, sakinleşinceye kadar yanıma gelmiyor. Böyle durumlarda üstüne gitmemek gerekiyor, zamanla öğreniyor insan.

Onun da benim kanıma dokunan tarafları var. Mesela benim anlattığım şeye ilgisini kaybettiğinde pat diye sözümü kesip alakasız bir şeyler söylemesine sinir oluyorum. "Ben bir şey anlatıyordum yalnız," diye sesimi yükseltmekten kendimi alamıyorum bazen. Zaman mefhumunun zayıf olmasına da gıcık olduğum oluyor. On beş dakika benim için tam olarak dokuz yüz bin milisaniye demektir, onun içinse o andaki ruh haline göre uzunluğu değişebilen belirsiz bir zaman parçası. Bu yüzden günlük hayatımın kayda değer bir kısmı bir yerlerde onu bekleyerek geçiyor.

Ama bunlar, paylaştığımız ve paylaşmaktan mutlu olduğumuz şeylere göre gayet önemsiz.

Tabii bu ilişkinin, bu şekilde, düzeyli arkadaşlık formatında sürmesi, ona karşı duyduğum arzunun ortadan kalktığını göstermiyor. Doğrusu, onun yanındayken, sık sık oturuşumu değiştirmek zorunda kaldığım oluyor. Ona karşı ilgimi gizlemeye de çalışmıyorum açıkçası. Hatta sadece Şule değil bütün ekip bunun farkında olsa gerek. Olsun. Bu beni rahatsız etmiyor. Ama bu arzuyu tatmin etmek için adım atan kişi olmak istemiyorum. Bunun sorumluluğunu istemiyorum. Anlatması zor.

22

Bunları söylüyorum ama bunun hep böyle gitmeyeceğini de içten içe biliyordum. Elbette bir yerde bu sınır aşılacaktı, o da alkollü ve olaylı bir gecenin sonunda oldu. Bebek'teki evde, kanepede yan yana oturmuş Yeni Türkü dinliyorduk ve ben ilk hamleyi yapmama yönündeki kararımı tekrar ve tekrar gözden geçiriyordum. Derken başını omuzuma yasladı. Ben de kısa bir değerlendirmeden sonra, bunun rahatlıkla, ondan gelen bir ilk hamle olarak kabul edilebileceğine karar verdim ve...

Aslında bunu biraz daha öncesinden başlayarak anlatmalıyım. Mayıs sonunda bir cuma gecesi, hem projedeki gelişmeleri kutlamak, hem de ekipten ayrılmaya karar veren Gökçe'ye veda etmek için şık bir meyhaneye gittik. Gökçe, kız arkadaşıyla birlikte Fransa'ya yerleşmeye karar vermiş. Zaten orada doğup büyümüşmüş, bir göçmen ailenin oğlu (ya da kızı) olarak. Dolayısıyla Fransa vatandaşıymış aynı zamanda, zaten öyle olmasa Fransa'ya girmesi pek mümkün olmazdı. Epeydir aklında varmış bu dönüş. Şimdi gitmeye karar vermesinde benim de biraz etkim var sanırım. Ekibe yeni ve ondan daha tecrübeli bir dilbilimci gelince kendisine ihtiyaç kalmadığını düşünmüş olabilir. Ben de biraz gözünü korkutmuş olabilirim.

Rencide edici hiçbir şey söylememek ve yapmamak için özen gösterdim ama bazı şeyleri baştan beri yanlış yaptığının ortaya çıkması bile yeterince rahatsız edici olmuştur herhalde.

Bir kız arkadaşı olması, nasıl bir organ kümesiyle dünyaya geldiği bilmecesindeki ihtimallerden birini istatistiksel olarak öne çıkarıyor tabii. Yine de hâlâ, taşakları olan birinin böyle elma yanaklı ve gül dudaklı olacağına inanmakta güçlük çekiyorum. Ne tuhaf! Cinsiyet meselelerinde ne kadar açık görüşlü olsanız da, birini bildik genetik kategorilerden birine yerleştiremediğinizde rahat edemiyorsunuz, içinize dert oluyor.

Arnavutköy'de küçük, sakin bir lokantaydı gittiğimiz. Kıyıdaki balık lokantalarından biri değil, biraz içeride, menüsü daha çeşitli ve fiyatları daha insaflı bir mekân. Meyhaneden çok İtalyan lokantasına benzeyen bir yer.

Giderken aklımızda rakı içme düşüncesi vardı ama sonra kırmızı şarabın ortamın atmosferine daha uygun olacağına karar verdik. İçtiğin içkinin rengi de aldığın tadı etkiliyor sanki. Sıcak renklerin hâkim olduğu bir yerde kırmızı bir içki daha lezzetli olabiliyor.

Viktor için böyle bir şey yok tabii, o votkadan şaşmadı. Kendine 70'lik votka söyleyince, "Fazla gelmez mi?" dedim gayri ihtiyari. Diğerleri kıkırdaştılar. Viktor da gülerek "Kalırsa yanımıza alırız" gibi bir şeyler dedi. Kalırsa ne kelime, 70'liği devirdikten sonra da duble votkalarla devam etti herif. Bir *homo sapiens*'in vücuduna bu kadar alkol girdiğine bizzat şahit olmamıştım daha önce. Gecenin sonunda Viktor bağıra bağıra Rusça şarkılar söylüyor biz de uydurmasyon sözlerle eşlik ediyorduk. Toplu halde bağırarak uydurmasyon Rusça şarkı söylemek, herkesin hayatta en az bir kez yaşaması gereken bir tecrübe.

Viktor sonunda masanın üstünde sızdı. Onu, dört garsonun da yardımıyla, taksiye kadar taşımak zorunda kaldık. Adem de Viktor'la birlikte gitti, ikisi de kampüsün içindeki dairelerde oturuyorlar. Gökçe ve gayet kıza benzeyen kız arkadaşı zaten daha önce kalkmışlardı. Esra, Şule ve ben de Bebek'e kadar yürüdük. Önceden konuşmadık ama plan herhalde Küçükbebek yokuşuna kadar yürüyüp orada ayrılmaktı. Ben yokuştaki evime, onlar da taksiyle kendi evlerine...

Bebek parkının önünden geçiyorduk. Biraz önümüzde, otobüs durağı civarında küçük bir kaza oldu. Sürücüler önce arabalarının içinden atıştılar, sonra dışarı çıkarak bağrışmayı sürdürdüler. Sonunda itişip kakışmaya başladılar. Başka birileri geldi. Önce kavgayı ayırmaya çalıştılar ama galiba biri bir yumruk yedi ve karşılık verdi. Sonunda olay bir anda meydan kavgasına döndü.

Biz bir süre durup ortamın yatışmasını bekledik. Giderek büyüdüğünü görünce, kavganın sürdüğü bölgenin olabildiğince uzağından geçerek Küçükbebek'e doğru devam etmeye çalıştık. Bu arada diğer yönden, yani Küçükbebek tarafından koşarak gelen gruplar kavgaya katıldı. Birazdan bir linç görüntüsü oluştu. Herkes birden birkaç kişiye saldırıyordu. En azından bizim o arada sığındığımız sokaktan öyle görünüyordu.

Sonra, aniden, o saatlerde kapkaranlık olan parkın içinden akın akın insanlar gelmeye başladı. Ellerinde sopalar vardı. Bağırıyorlardı, daha doğrusu slogan atıyorlardı. Ne dedikleri net anlaşılmıyordu, önce "Kahrolsun adalet" dediklerini sandım. Ama galiba "Kahrolsun atalet" diyorlardı. Sopalarıyla kafa göz yararak linççi gruba daldılar. Birkaç dakikalık dayaktan sonra onları geldikleri yöne doğru püskürtmeyi başardılar. Ama iki grup da dağılmadı.

Biz, olayın durulmasını fırsat bilerek, arka sokaklardan Küçükbebek yokuşunun üst tarafına çıktık ve benim kaldığım eve ulaşmayı başardık. Kızlar dehşet içindeydi. Acaba ölen oldu mu diye soruyorduk birbirimize. Biz oradan ayrılırken yerde yatanlar vardı ama yaralı ya da baygın da olabilirlerdi.

Adrenalin bizi ayıltmıştı. Olay üzerine konuştuk biraz. Karantina bölgelerindeki çatışmalar buralara kadar yayılmıştı belli ki. Ama gecenin bu vakti nasıl bu kadar insan toplanabilmişti? Nereden gelmişlerdi? Karanlık parktan gelenler o saatte orada ne yapıyorlardı? Artık her an her yerde bu kavgaları mı görecektik? Kendimizi bu şiddetten nasıl koruyacaktık? Bizim de kendimizi kampüse kapatmamız mı gerekecekti?

Sakinleştikten sonra, evdeki şaraplardan birini açarak final yapmaya karar verdik. Esra, ilk bardağı bitiremeden uyudu. Onu içerideki odaya götürüp yatırdık. Sonra Şule'yle sohbete daldık. Bir ara salondaki plak dolabını sordum. İçindekiler, tahmin ettiğim gibi, Fazıl Bey'in plaklarıymış. Şule oradan bir plak seçmemi istedi. Yeni Türkü'nün *Günebakan* albümünü seçtim. Kanepeye, Şule'nin yanına oturdum. Kanepenin karşısındaki koltuğa da oturabilirdim. Öylesi daha normal olurdu, yüz yüze oturmuş olurduk. Aynı zamanda medeni bir mesafeyi korumuş olurdum. Öyle yapmadım. Gittim, yanına oturdum. O da birazdan, "Olmasa Mektubun" çalarken, başını omuzuma yasladı ve... Gerisini biliyorsunuz zaten.

23

Sonraki günlerde, Şule'yle hayatımıza nasıl devam edeceğimiz konusunda biraz bocaladık. İkimiz de bunu bir kerelik bir şey olarak görmüyorduk sanırım. En azından ben öyle görmek istesem de göremezdim, çünkü, bunu söylemenin başka bir yolu yok herhalde, sırılsıklam, baştan aşağı ve iliklerime kadar âşıktım. Biraz da bu yüzden, gerçek bir ilişkiye girmekten korkuyordum. Şule'nin bu ilişkiden eninde sonunda mutlaka zarar göreceği düşüncesi içimi kemiriyordu. Kurduğumuz arkadaşlık dengesi güzel gidiyordu, onun bozulmasını istemiyordum. Ama bana yaşattığı zevk ve mutluluk o kadar büyüleyiciydi ki benden uzaklaşmasına neden olacak herhangi bir sözün ağzımdan çıkması mümkün değildi.

Onun açısından nasıl göründüğünü bilmiyorum. Bu konuyu uzun süre konuşmadık. Ben ne söyleyeceğimi bilmediğim için hiçbir şey söylemedim. Galiba o da aynı durumdaydı. Ama çoğu zamanımızı, gündüzlerimizi ve gecelerimizi birlikte geçiriyorduk artık.

Şule tabii bir yandan annesi ve köpeğiyle yaşamaya da devam ediyordu. Bazı akşamlar oradaydı. Kampüsteki kız yurdunda Esra ile birlikte bir odası ve orada artık pek kullanmadığı bir yatağı vardı. Bizimle çalışmanın yanı sıra doktorasını sürdürüyordu. Her hafta, Maltepe'de huzurevinde kalan anneannesini ziyaret ediyordu. Bana kalan, bunlardan artan zamandı ancak.

Belli ki ailesinden akşamlarını nerede geçireceği konusunda bir baskı görmüyordu. Görüyorsa da bana yansıtmıyordu. Yine de ailesi söz konusu olduğunda biraz çekingenleşiyordu. Mesela, babasıyla görüşeceği zaman benim oralarda olmamamı tercih ettiğini fark ettim. Belki aramızdaki yaş farkı yüzünden, ya da benim, deyim yerindeyse, karanlık geçmişim yüzünden aramızdaki ilişkiyi onaylamayacağını düşünüyordur. Anlaşılır bir şey.

Viktor'dan da çekiniyordu başta. Viktor'un bunu proje için risk olarak görmesi mümkündü. Sonradan Viktor'un ve ekibin kalanının durumun farkında olduğunu anladık. Yine de kendimize göre bir denge tutturduk. İş saatlerini ve çalışma arkadaşlarımızla birlikte olduğumuz zamanları mümkün olduğunca birbirimize dokunmadan geçiriyorduk. Sonrası bizimdi. Böylece giderek daha yakınlaştık. Dünya batıyordu ama ben hayatımın en mutlu günlerini geçiriyordum.

Şule, haziranın ortasına doğru bir gün, Özgür'ün davasıyla ilgili yeni bir haber getirdi. Özgür, iki gün sonra tekrar duruşmaya çıkacaktı ve bu kez tahliye edilmesi bekleniyordu. Fazıl Bey, bu gibi davalarda tecrübeli bir avukatın davaya katılmasını sağlamıştı. Aynı zamanda, bağlantılarını kullanarak yargıç üzerinde de bir baskı kurmuş da olabilirdi. Şule tahliyeye kesin gözüyle bakıyordu.

Viktor haberi coşkuyla karşıladı. Ona göre, projenin bir sonraki aşamaya geçmesi için benim abuklarla doğrudan iletişim kurmam zorunluydu. Benim bunun için koyduğum şart da yerine gelmek üzereydi. Hemen hazırlıklara başladı, Özgür'e bir çalışma ortamı oluşturmaya girişti. Bana Özgür hakkında daha önce sormadığı şeyler sordu. Özgür'ün Rusça bildiğini öğrendi, bu da heyecanını ikiye katladı gördüğüm kadarıyla. Ben, Özgür'ün, her ne kadar kendi çapında bir dâhi de olsa, son derece güvenilmez biri olduğunu anlatmaya çalışıyordum dilim döndüğünce, bir hayal kırıklığına hazırlıklı olmasını istiyordum ama bu Viktor'un pek umurunda gibi görünmüyordu.

Ben de, doğrusu, başta korkuyordum ama sonradan bu projeyi sonuna kadar götürmek için bir heves uyandı içimde. Herhalde dahil oldukça benimsemiştim projeyi, hâlâ ümitsiz olduğunu düşünsem de.

Adem ve Esra da Viktor'un heyecanından etkilendiler. Özgür geldikten sonra nelerin hangi sırayla yapılması gerektiği konusunda uzun bir tartışmaya giriştiler Viktor'la. Şule nispeten sessiz kalmıştı.

Aynı günün akşamı Bebek Parkı'na yürüdük Şule'yle. Gece vakti parktan fırlayan abuk ordusunu gördüğümüzden beri geceleri yaklaşmıyorduk parka. Ama hava geç kararıyordu, aydınlık olduğu sürece sorun yoktu.

Bir ağacın altına oturduk. Düşünceli görünüyordu hâlâ. Nedenini sordum.

"Özgür çıktıktan sonra, buraya gelirse... Yani geldiğinde, eğer projeye dahil olursa, sen de kliniğe gidip abuklarla konuşacaksın ve..."

"Evet?"

"Yani, demek istediğim şu: Bunun senin için riskli olduğunu baştan beri biliyordum. Ama kendimi senin yerine koyarak hiç bakmamışım galiba. Projeye gönülden inanıyordum ve senin de bu riski alman gerektiğini düşünüyordum. Ama şimdi..."

Bir yutkundu, bana baktı.

"Seni kaybetmekten korkuyorum," dedi.

"İnan ki, benim için de hayatta seni kaybetmekten daha büyük bir korku yok. Ama galiba, bu işten o kadar korkmuyorum artık. Yani abuklarla konuşmaktan... Bir şekilde üstesinden gelirim gibi geliyor. Senin sayende oldu bu aslında, senin bana verdiğin güç sayesinde. Biraz paradoks gibi ama öyle."

"Neden paradoks gibi?"

"Çünkü şimdi, öncekine göre yaşama çok daha tutunmuş haldeyim. Seninle birlikte geçirebileceğim kadar çok zaman geçirmek, yaşayabileceğim kadar uzun yaşamak istiyorum. Ama aynı zamanda hayati bir riski göze almaya da eskisinden daha hazırım. Paradoks değil mi bu?"

"Bilmem, galiba," dedi, güldü.

"Korkma," dedim. "Sonunda işe yarar bir şey ortaya çıkmayabilir ama bana bir şey olmayacak. Doğru şekilde davranacağım ve üstesinden geleceğim. Bunu hissediyorum. Ki ben normalde pek bir şey hissetmem. Şimdi hissediyorsam bir hikmeti vardır."

"Bunlar hiç senden duyulacak sözler değil. Hissetmek, hikmet falan..."

"Evet, biliyorum. Aslında hikmet lafını senin sandığından daha çok kullanmış olabilirim, çünkü eskiden çalıştığım bir yerde Hikmet diye birisi vardı ve..."

"Ya, işi şakaya vurmaya çalışıyorsun sen! Gerçekten endişeliyim. Yani aslında sen baştan beri haklıydın galiba, bizim bu yöntemle abukları iyileştirme ihtimalimiz olduğuna dair hiçbir elle tutulur kanıt yok. Kendi kurguladığımız hikâyeye inanıyoruz."

"Şimdilik bunları kafana takma. Gerçekten. Özgür geldikten sonra ne olacağını bilemeyiz. Şimdiden endişe etmemiz için hiçbir neden yok."

"Tamam," dedi.

"Eve giderken yumurta alalım, sabah evde kahvaltı yapıp çıkarız," dedim.

"Tamam," dedi yine. Tamam deyişine bayılıyordum.

24

Özgür'ün duruşmasının olduğu gün, ekipçe toplantı odasında buluşmuş, Şule'nin telefonunun çalmasını bekliyorduk. Duruşma bir nedenle öğleden sonraya sarkmıştı. Biz de sabahtan beri işi gücü bırakmış, çay üstüne kahve içiyorduk. Sonunda akşama doğru telefon çaldı. Şule bir kez daha çalmasına izin verdikten sonra açtı telefonu. Haberi aldı ve bize döndü: "Tahliye edilmiş."

Ekip bir sevinç çığlığı attı. Viktor bununla da yetinmedi, tek ayağı üstünde zıplayarak tuhaf bir dans yapmaya başladı. Sonra da bir dolabın dibindeki zulasından yarım şişe votka çıkardı, hepimize ikram etti. Bu kadar sevinecek ne vardı anlayamıyordum ama bozmadım neşelerini. İçkilerimizi içtikten sonra iş gününü erken kapatmaya karar verdik.

Ben yürüyerek eve döndüm. Şule'nin başka işleri vardı, benimle gelmedi. Sormadım ne işi olduğunu, doktorasıyla ilgilidir belki. Akşam gelecek mi diye de sormadım, gelirse haber verirdi herhalde. Hayatının bazı saatlerini benden ayrı geçirmesinden rahatsız olan birine dönüşme niyetim yoktu.

"Neredesin, niye aramadın, gelecek misin" gibi can sıkıcı sorulara girmemeliydik. En azından şimdilik...

Yine de gece dokuz buçuk civarı kapım çalındığında sevinçle yerimden fırladım. Kapıyı açtığımda yüzüm gülüyordu ama karşımdaki yüzler asıktı. Önde Şule, arkasında babası... Şule'yi bekliyordum da Fazıl Bey'in gelişi sürpriz oldu.

Kısa bir selamlaşmadan sonra salonda oturduk.

"Nasıl, evde rahat edebiliyor musunuz? Görüşemedik o zamandan beri," dedi Fazıl Bey.

"Evet, çok rahat. Sağ olun," dedim.

"Viktor'la anlaşabildiniz mi? Biraz değişik bir insandır."

"Evet, kendine özgü biri. Ama aramız gayet iyi, problem yok."

"Buna çok memnun oldum," dedi.

Çevreye şöyle bir bakındı, kapağı açık duran plak dolabı dikkatini çekti. "Şule plakları sevdiğinizi söyledi. Eskiden çok alırdık, çok dinlerdik ama artık zaman bulamıyorum tabii. Onun üstüne dijital teknolojiler falan çıktı ama hiçbirinde plaktaki kalite yok."

"Evet, katılıyorum, dijitalde eksik olan bir şeyler var," dedim.

"Geçen gün Şule'yle dinlemişsiniz birini galiba. Hangisiydi?"

"Yeni Türkü."

"Ah, evet! Çok dinlerdik bunları zamanında, Yeni Türkü, Ezginin Günlüğü..."

"Evet, ben de severim."

Başını önüne eğdi, sessiz kaldı. Şule'ye baktım, ne olduğunu anlamak için. Şule, yüzünde aynı sıkkın ifadeyle, babasını işaret etti, açıklamanın ondan geleceğini belirtir şekilde. Fazıl Bey başını hafifçe kaldırdı.

"Mazhar-Fuat-Özkan," dedi.

"Eee... evet, onlar da iyidir," dedim.

Tekrar başını önüne eğdi. Tuhaf sessizlik bir süre daha devam etti.

"Bir sorun mu var?" dedim sonunda.

Fazıl Bey bakışlarını ağır ağır bana çevirdi, gözlerimin içine baktı.

"Özgür kaçtı," dedi.

"Nasıl?"

"Kaçtı. Sırra kadem bastı. Kuş olup uçtu."

"Nasıl oldu peki?"

"Bizim ekibimiz cezaevi çıkışında bekliyordu. İki araba vardı her ihtimale karşı, toplam dört kişi. Hepsi birden gözünden kaçırmış olamaz. Başka bir çıkıştan çıkmış olmalı dedik. Ama cezaevi polisleri başka çıkış yok diyorlar. Doğrudur tabii, cezaevi sonuçta burası, stadyum değil. Hâlâ içeride olabilir mi dedik, her yeri aradılar, bulamadılar. Yani sonuçta Özgür yok."

"Aklına koyduysa bir yolunu bulmuştur. Kılık değiştirmiştir. Ya da girip çıkan araçlardan birinin bagajına falan saklanmıştır."

"Evet, herhalde öyle bir şey oldu. Buna kalkışacağını tahmin edemedik, etseydik ona göre önlemini alırdık. Saha ekiplerimize haber verdik, birçok koldan aranıyor şu anda. Belki bulunur, bakalım."

Ayağa kalktım. Birkaç volta attım. Özgür'ün Rusya'ya gitme planı olduğunu söylemek aklımdan geçti bir an için ama söylemedim. Arkadaşıma ihanet etmek olacakmış gibi geldi. Söylesem de bir şey fark etmezdi belki. Parasına el konulduğuna göre Rusya planı artık geçerli olmayabilirdi. Tabii başka bir yerde başka bir parası da olabilirdi. Aslında, Özgür'ün buraya gelip bizim küçük topluluğumuzun bir parçası olmasını istediğimden de pek emin değildim. Dengeleri bozabilen biriydi Özgür; bense hiçbir dengenin bozulmasını istemiyordum.

"Evet. Bakalım," dedim.

Fazıl Bey ayağa kalktı. "Saat geç oldu, ben artık sizi yalnız bırakayım," dedi.

Kızını öptü, benimle tokalaştı, gitti. Şule'yle oturduk salonda.

"Ne olacağını bilemeyiz demiştim, değil mi?"

"Bunu tahmin etmiş miydin yani?"

"Hayır, doğrusu aklıma gelmemişti. Ama beklenmedik bir şey olmasını bekliyordum. Böyle söyleyince tuhaf oldu; bir şey çıkacağını biliyordum demek istiyorum."

"Evet, bir şey çıktı," dedi Şule, güldü.

Fazıl Bey'in "sizi yalnız bırakayım" lafı da aklıma takılmıştı. "Baban biliyor mu?" dedim. "Yani bizi..."

"Ben bir şey söylemedim," dedi Şule.

Yine de anlamıştı demek yaşlı kurt. Anlayışla da karşılamıştı görünüşe göre. Bu, babanın onayını aldığımız anlamına mı geliyordu acaba? Şule'yi rahatlatabilirdi bu. Gerçi Şule'ye baktığımda pek de rahatlamış görünmüyordu. Konuşmadık ayrıntısını.

İlginç bir tipti Fazıl Bey, doğal cazibesi olan insanlardan biriydi. Ülkenin en tekinsiz kurumunda yöneticiydi, belki de günü pek çok insana hayat zehir etmekle geçiyordu. Ama güven verici bir havası vardı. Hep sizin bilmediğiniz bir şeyleri biliyormuş gibi görünen insanlardandı. Doğrusu, çalıştığı kurum ne kadar yozlaşmış olursa olsun, bizim üzerinde çalıştığımız projeye destek vermesi için samimi şekilde hastalığa çare bulunmasını istemesinden başka bir neden gelmiyordu aklıma. Bizim bilmediğimiz şeyleri biliyor olsa da, bizi gizli başka bir amaç için kullandığını düşünmek için bir neden yoktu. Gerçekten salgınla mücadele etmek istiyordu. Salgınla Mücadele Kurumu'nda böyle insanlara pek sık rastlanmazdı. Açıkçası Fazıl Bey'in varlığı, bu projenin gözümdeki itibarını yükseltiyordu.

Ertesi gün okulda bir araya geldiğimizde herkes olaydan haberdardı. Neşeleri kaçmıştı. Viktor, beklediğim kadar hayal kırıklığı içinde değildi. Canının sıkıldığı belliydi ama çalışmaları aksatmadan sürdürmemiz gerektiğini söyledi. Sonraki günlerde de, abuklarla konuştuğumda, eğer böyle bir şey olursa, nasıl konuşmam gerektiği konusundaki planının üzerinden geçti yeniden. Bu kez daha detaylı olarak... Ana fikir, iletişimi kaybetmeden, hastanın ilgisini konu üzerinde tutarak, onu temel mantıksal doğrulara çekmeye çalışmaktı. Konuyu sürdürebilmek için abuklamaları dinlemek ama onlara odaklanmamak gerekiyordu.

Tabii böyle bir şeyin olup olmayacağı belli değildi. Özgür'den bir haber gelmesini bekliyorduk. O gelmezse ne olacağını hiç konuşmadık.

Temmuz başlarında Özgür hâlâ kayıplardaydı ve Viktor bir toplantı yapmak istedi, Şule ve benle. Diğerleri çıktıktan sonraki bir saate koydu toplantıyı, okuldaki toplantı odasında.

Gittiğimizde Viktor oradaydı, kahve içiyordu. Bize de ikram etti. Bu saatte kahve içtiğine göre bayağı gergin olmalıydı.

Kahvelerimizden birer yudum aldıktan sonra söze girdi: "Şimdi... Özgür kaçtı. Belki gelmeyecek. Bizim proje, bilgisayar programı, çok iyi ama belki sonuç olmayacak. Çok yavaş. Ama zaman yok. Artık karantina yok. Durum iyi değil."

"Evet, doğru," dedim.

"Şimdi," dedi tekrar, bana döndü. "Sen, yapacak mısın? Özgür gelmeden... Çünkü eğer sen yoksan, ben gideceğim."

"Nereye?"

"İlk Rusya. Sonra bilmem. Belki Avrupa."

"Rusya'da durum buradakinden daha kötü değil mi?"

"Rusya çok büyük. Daha çok şey var..." Şule'ye döndü, "*Vazmojnıst*?"

"Olasılık. Olanak. Daha doğrusu fırsat."

"Evet, fırsat," dedi Viktor.

"Varım," dedim.

Şule hayretle bana döndü. Bu kadar çabuk ikna olmamı beklemiyordu herhalde.

"Özgür gelmeden mi?" diye sordu Viktor.

"Evet, sizin başta planladığınız şekilde abuklarla konuşmaya hazırım."

"Emin misin?" dedi Şule.

"Evet," dedim. "Şu ana kadar emin değildim. Ama bu işi yarım bırakırsam pişman olacağımı biliyorum."

Viktor bakışlarını Şule'ye çevirdi. Şule başıyla onayladı. Viktor ayağa fırladı.

"Mükemmel! Öyleyse yarın sabah sekizde üniversite kapısında buluşacağız. Sonra kliniğe, birlikte... Ben gerekli her şeyi alacağım. Siz kapıya gelin."

Şehri Buruşturan Ağırlık

25

Sabah sekizde Şule'yle birlikte kampüsün kapısındaydık. Viktor on dakika sonra kampüsten arabayla çıktı. Kenara çekip arabadan indi, arka koltuğa geçti. Şoför mahalline Şule oturdu.

"Viktor sadece kampüsün içinde araba kullanabiliyor," diye açıkladı Şule.

Dar bir yokuştan inerek, Rumeli Hisarı yakınlarındaki bir meydana geldik. Arabayı orada bıraktık. Etraf son derece sessizdi, sokakta kimseler yoktu. Burası eskiden de sakin bir mahalleydi ama şimdi terk edilmiş gibi bir hali vardı.

Klinik, meydana bağlanan yokuşlardan birindeydi. Yüksek duvarlarla çevrili, geniş ve güzel bir bahçesi olan tarihi bir bina. Önceden yabancı diplomat ve devlet görevlilerinin çocuklarına hizmet veren bir özel okuldu. Daha sonra işitme engelliler için bir özel okula dönüştüğünü hatırlıyorum.

Kliniğin yöneticisi Mesut Bey'le tanıştık. Sağır-dilsiz okulu olduğu zamanlardan beri buradaymış. Bizi karşıladı, birlikte ofisine doğru yürürken okulun dönüşümünü anlattı bana ayaküstü.

Salgın vurduğunda, sağır-dilsiz öğrencileri salgına karşı korumak için özel bir önlem almaya gerek görmemişler. Konuşamadıkları ve söylenenleri anlamadıkları için hastalığa karşı doğal bir bağışıklıkları olacağını varsaymışlar. O yüzden onlara pek bir uyarı yapılmamış, salgından nasıl korunacakları konusunda bilgilendirilmemişler. Hatta, okulun görevlileri, kendilerinin zorlukla yapabilir hale geldikleri alışveriş gibi bazı gündelik işleri de onlardan talep etmeye başlamışlar. Daha çok kendi dertlerine düşmüşler, hastalığın işaret diline sızabileceğini düşünmemişler.

İki dilin bir arada yaşadığı yerlerde, hastalık bir dil içinde yayılmış olmasına rağmen bazen diğer dile henüz sızamamış olabiliyor. Dil bariyeri dediğimiz şey bu. Bu bariyerin aşılması, iki dili de iyi bilen en az bir hastanın, hastalığı bir dilden diğerine aktarması ile gerçekleşiyor. Yani, sağır-dilsiz olmayan ama işaret dilini bilen, hastalığı kendi konuşma dilinden kapmış birinin, sağır-dilsizlere işaret dilinde abuklamasıyla, hastalık işaret diline sızmış oluyor. Burada, kim tarafından ve nasıl sızdırıldığı bilinmiyormuş ama göz açıp kapayıncaya kadar bütün okula yayılmış. Kurtulabilen olmamış. İşaret diliyle de abuklanabilmesi ilginç ama o da bir dil olduğuna göre, çok da beklenmeyecek bir şey değil.

İşitme engelliler, biraz da durumlarının kaçınılmaz sonucu olarak, her şeyden biraz geç haberdar olurlar. Belki dünyayı böyle bir salgının vurduğundan haberleri bile yoktu. Ya da ne kadar ciddi olduğunu kavrayamamışlardı. Bizler abuklayan biriyle karşılaşma ihtimaline karşı tetikteydik ama onlar gayet rahatlardı ve sonuçta hepsi birden hastalığa yakalandılar. Okulun öğretmenleri de durumu uzun süre fark edememişler. Kendini tuhaf şekillerde yaralama olayları arka arkaya gelince, korkunç gerçeğin farkına varmışlar.

Okul resmen hâlâ bir işitme engelliler okulu. Ama öğrencilerin tümü hasta olduğu için pratikte bir rehabilitasyon merkezine dönüşmüş durumda. O zamanki sağır-dilsiz öğrencilerden sadece iki tanesi hâlâ burada hasta olarak bulunuyormuş. Diğer öğrenciler ya aileleri tarafından alınmışlar, ya da kendileri çekip gitmişler. Onların yerine de sağır-dilsiz olmayan ARDS hastaları gelmiş.

Diğer rehabilitasyon merkezlerindeki gibi, hastalarla çalışanların alanlarını birbirinden ayıran kesin sınırlar yok. Binanın üst katında, ofislerin bulunduğu ve hastaların girmesine izin verilmeyen bir bölüm var sadece. Kalan kısımda çalışanlar, kulaklıklarıyla, hastaların içinde dolaşıyorlar. Bahçe çok rahat ve huzur dolu görünüyor. Her zaman böyle olmadığını söylüyor Mesut Bey.

Mesut Bey'in odasında birer çay içtik. Viktor yerinde duramıyordu, bir an önce işe koyulmak için sabırsızlanıyordu. Hatta o gerginlikle çayını bir dikişte içti, dili yandı salağın. Mesut Bey de lafı fazla uzatmadı, "Ben sizi tutmayayım," diyerek bizi odadan uğurladı.

Bizim ekibe ayırdıkları küçük bir laboratuvar vardı, oraya geçtik. Esra orada bizi bekliyordu. Son durumu Esra'dan aldık. Bu kız o kadar alçak sesle konuşuyordu ki sesini duyabilmek için ona doğru eğilip dikkat kesilmek gerekiyordu.

"Haluk Hoca bugünlerde çok isteksiz. Diğerleriyle konuşuyor ama bizimle konuşmuyor. Çağırdığımızda gülümsüyor, başını iki yana sallıyor, gelmiyor."

"Bizimle, yani bilgisayarla," dedi Viktor.

"Evet, bizimle derken aşağıdaki bilgisayarı kastediyorum," dedi Esra.

"Haluk, en yüksek parametreler var. Haluk Hoca diyor hepsi ona. Öğretmen demek, imam demek hem de," dedi Viktor.

"Evet, genel olarak akıllı, bilgili kişiler için de kullanılabilir," dedim.

"Bilgisayarla çok konuştu. Ama şimdi istemiyor. İstiyorduk ki sen ilk onunla konuş. Çünkü, belki, o bize en yakın."

"Bilgisayarla değil gerçek bir insanla konuşacağını söyleseniz fikri değişebilir," dedim.

"Evet," dedi Esra. "Ama bize yaklaşmıyor bile, bahçede uzak bir köşede oturuyor. Hastabakıcılardan onunla iyi anlaşan bir kız var, İlknur. Ona söyleyelim, gerçek bir insanla konuşacağını söylesin. Belki gelir o zaman."

"Evet, çok iyi fikir," dedi Viktor. "Ama önce hazırlık. Haluk Hoca olmazsa başka biri. Kim gelecek?. Önce şu zayıf, sarı saçlı. Neydi adı?"

"Adnan," dedi Esra.

"Evet, Haluk yoksa Adnan. O da yoksa?"

"Bence Vildan Hanım. Hep eşarp takan bir kadın var ya... Son zamanlarda bilgisayarla konuşmayı seviyor. Çağırdığımızda geliyor, hatta bazen çağırmadan gelip bilgisayarın başına oturuyor."

"Evet, Vildan Hanım çok iyi. Ama önce hazırlık."

Viktor dolaptan iki ayrı şişe çıkardı. İlaçları iki ayrı kokteyl halinde hazırlamışlar. Birincisi bir saat içinde etkisini gösteriyor. Hazırlığın önceden yapılmasının nedeni o. Görüşmeden hemen önce de diğerini alıyorum.

Soğutma başlığını da son kez test ettik. Bana ilk gösterdikleri alet değil, makine mühendisliği bölümünden destek alarak sonradan yapılan yeni versiyonu. Öncekine göre daha küçük, motorsiklet kaskından çok bisiklet kaskına benziyor. Bej rengi. Bu rengi ben önerdim. Sıcak ve açık bir renk, daha az ürkütücü, ten rengine yakın.

Esra bu arada ilk dozu damardan verdi. Ne idüğü belirsiz bir karışımı damardan almak hiç hoşuma gitmiyordu ama tamam demiştim bir kere.

Aradaki bir saati de görüşme yöntemimizi bir kez daha gözden geçirerek değerlendirdik. Aslında ortada yöntem diyebileceğimiz bir şey yoktu. Ben elimden geldiğince ve biraz da yaratıcılığımı kullanarak hastayı akla ve mantığa davet edecektim. Viktor da hastanın, bu davete icabet edebileceğini düşünüyordu. O konuştukça içimden gülmek geliyordu, zor tutuyordum kendimi. Anlattığı saçmalıklar ve tuhaf Türkçesi yetmezmiş gibi, şimdi bir de dili yandığı için peltek peltek konuşmaya başlamıştı. Sonunda daha fazla tutamadım ve kahkahayı koyverdim.

"İlaç yüzünden," diye yorumladı Viktor.

"Evet, evet," dedim, "herhalde ilaç yüzünden."

Şule gülmüyordu. Bu halimden rahatsız olmuştu belli ki. Onu anlıyordum ama yapabileceğim bir şey yoktu. Esra da şaşkın şaşkın bakıyordu. Bu kızın tıp fakültesini bitirdiğine inanmak zordu, ortaokul öğrencisi gibi görünüyordu.

Sonunda vakit geldi. Esra ikinci dozu da vurdu. Hep birlikte alt kattaki görüşme odasına indik. Esra inmeden önce hastabakıcılara telefon açarak Haluk'u, o olmazsa Adnan'ı, o da olmazsa Vildan'ı görüşme odasına getirmelerini istedi.

Görüşme odası, hastaların daha önce bilgisayarla konuştukları yerin hemen yanında hazırlanmıştı. Polis karakollarındaki sorgu odalarına benzer tek taraflı bir ayna bulunuyordu bir duvarında. Diğerleri aynanın arkasından bizi izleyeceklerdi. Ortada beyaz bir masa vardı, iki tarafında da birer sandalye. Benim oturacağım tarafta masaya monte edilmiş bir düğme vardı. Acil durum zili olduğunu söylediler. Normalde böyle bir şeye ihtiyaç olacağını sanmıyorlardı, görüşmeyi sürdürebileceğim kadar sürdürecektim. Ne kadar süreceğini ben belirleyecektim. Kendimi nasıl hissettiğime ve konuşmanın nasıl gittiğine bakarak, uygun gördüğüm zaman konuşmayı sonlandıracaktım. (Viktor mümkün olduğunca uzun tutmamı istiyordu tabii.) Ama beklenmedik bir durum, dışarıdan yardım istemem gereken bir şey olursa zile basacaktım ve dışarıdakiler müdahale edecekti.

Esra kimin geleceğini öğrenmek için çıktı, birazdan geri geldi.

"Adnan geliyor," dedi.

"Çok sakin bir insan," dedi Viktor. "Korkmak lazım değil."

"Korkmuyorum," dedim.

Viktor'un korktuğumu düşünmesi doğaldı çünkü fena halde terliyordum. Esra ilacın böyle bir etkisi olabileceğini söyledi, endişelenecek bir durum yoktu. Bir yerlerden küçük bir havlu bulup bana verdiler.

İçeri girdim, bana ayrılan sandalyeye oturdum, başlığımı taktım. Diğerleri çıktılar, Şule kapıyı kapatırken "Çok yakıştı," dedi, öpücük yolladı. Gülümsedik birbirimize.

26

Birkaç dakika sonra, Adnan olduğunu anladığım kişi, kafasında cızırdayan kocaman beyaz bir kulaklık bulunan bir hastabakıcının eşliğinde geldi. Hastabakıcı ona karşımdaki sandalyeyi işaret etti, o da oturdu. Hastabakıcı çıktı.

Hareketlerinde tuhaf bir sakinlik vardı. Sanki ağır çekimde hareket ediyor gibiydi. Ya da belki ben olmadık bir hareket yapmasından fazla endişe ettiğim için, normal hızda hareketi bana ağır çekim gibi geliyordu, bilemiyorum.

Başıyla hafifçe bir selam verdi ayaktayken. Oturduktan sonra çevresine bakındı biraz, doğrudan bana bakmadı. Sonra bakışlarını bana çevirdi, göz göze geldik. Bir tuhaf oldum. İlk kez bir abukla göz göze gelmiyordum, hatta bir dönem her gün yaptığım bir şeydi. Ama bir abukla karşı karşıya oturup, başka hiçbir şey yapmadan birbirinin gözlerinin içine bakmak farklı tecrübeydi. Gözlerinin içinden, arkasındaki devasa karanlığı gördüm sanki. Bakışlarından algılayabildiğim tek duygu boşluktu, eğer böyle bir duygu varsa. Mesela, birisi olağandışı bir manyetik alana maruz kalsa, bunun sonucunda doğumundan beri öğrendiği her şey beyninden silinse ve şimdi gelip karşınıza otursa size nasıl bakardı deseler, herhalde aşağı yukarı böyle bir bakış beklerdim.

Kumral, aşağı yukarı benim yaşlarımda bir erkek... Saçları önlerden açılmış biraz, sakalsız ve bıyıksız, hatta yeni tıraş olmuş, üzerinde kısa kollu bir gömlek var, açık renk tenli, ince dudaklı, normal bir adam. Türümüzün bir örneği...

O ne düşünüyor? Kafasının içinde ne var şu anda? Bana bakıyor, bir şey söylemiyor ama benimle ilgili bir şey düşünüyor olmalı, ya da içinde bulunduğumuz durumla ilgili. Ya da hayatın gerçekleriyle ilgili... O kafanın içinde neler dönüp durduğunu anlamaktan ne kadar uzağız. O benimkinin içinde neler olduğunu anlıyor mu? Hiçbir fikrim yok. Nasıl bu kadar anlaşamaz hale gelmiş olabiliriz?

Bir şey söylemeden karşımda oturuyordu. İlk sözü ona bırakıp bırakmamakta tereddüt ettim. Bu görüşmeyle ilgili bir sürü hazırlık yapmıştık ama nasıl başlayacağımızı konuşmamıştık. Karşımda oturan ve bakışlarından benim bildiğim ifadelerden biri okunmayan Adnan'ın konuşmayı başlatma gibi bir niyeti yoktu. Ben söze girdim sonunda: "Merhaba."

"Merhaba."

"Nasılsınız?"

"İyiyim, iyiyim. Ama biraz daha dolaysız olsaydı iyi olurdu."

"Neyi kastediyorsunuz? Bu görüşmeyi mi?"

"Evet."

"Ama dolaysız değil mi zaten? İkimiz karşılıklı oturmuş konuşuyoruz."

"Aracısız olması dolaysız olduğunu göstermez."

Hiç fena değil. Doğrusu, beklemediğim kadar mantıklı bir giriş. Neyi kastettiğini anlamamıştım gerçi ama konuşması, herhangi bir bağ kuramayacağım kadar kopuk değildi. Bir noktada uzlaşabiliriz gibi geldi. Sanki...

"Hmm... Başlıktan mı rahatsız oldunuz? Bunun sizinle ilgisi yok. Benim sağlığımla ilgili bir durum."

"Başlık genel yuvarlaklığın bir uzantısı sadece. O yüzden kendi içinde çelişkili."

"Yani... benim başlık takmam kendi içinde çelişkili mi diyorsunuz? Ne açıdan? Yani çelişki nerede?"

"Çelişki düşüncenin doğasında."

"Evet, olabilir. Ama şu konu özelinde... Yani başlıkla ilgili olarak..."

"Siz mi konuşuyorsunuz, başlık mı konuşuyor, anlayamıyorum."

"Ben konuşuyorum. Başlık, sadece bir başlık."

"Başlık asla sadece başlık değildir."

"Başlığa takılmayın lütfen, bana şeyden bahsedin..."

"Başlığa takılmayanlar buharlaşarak elendiler. Biz, burada kaldığımıza göre, başlığa takılmak zorundayız. Bunu sizin daha iyi bilmeniz lazım."

Konuşmayı onun sürüklemesine izin vermenin çok iyi bir fikir olmadığını hissettim. Ben onun dediklerini eşeledikçe, beni derine çekmesi için ona fırsat veriyordum. Konuyu değiştirmek için bir girişimde bulundum.

"Burada olmaktan memnun musunuz? Bu bahçede yaşamaktan..."

"Burası yaşayan bir yer değil."

"Ama... bahçede ağaçlar ve çiçekler var. Böcekler, solucanlar... Yaşayan varlıklar var. Siz varsınız."

"Burası gittikçe ağırlaşıyor. Ağırlaştıkça da bu şehri buruşturuyor. İşte bu buruşukluk yüzünden, pişmanlıklar daha katlanılmaz oluyor. Ondan kaşınıp duruyoruz zaten."

"Kaşıntı probleminiz mi var?"

"Bende yok. Ama sizde var galiba."

"Benimki şeyden... Yani başlık biraz kaşındırıyor, alışık olmadığım için."

"Başlığa takılmadan bir yere varamayacağınızı gördünüz mü şimdi?"

"Yani konu oraya geldiği için, takıldığımdan değil. Buruşukluk demiştiniz?"

"Evet. Her şeyin çevremizde dönmeye başlamasının bir açıklaması olmalı. Ondan bahsediyorum."

"Ne zamandan beri böyle bir... Yani, size göre, her şey ne zaman başladı çevremizde dönmeye?"

"Bu şehir insafsızca buruşturulduğundan beri."

"Hmm..."

"Yanlış anlamayın, ben perspektif düşmanı değilim."

"Estağfurullah, öyle bir şey düşünmedim zaten."

Durum kontrolümden çıkıyordu. Baştan beri bir an bile kontrolümde olmuş muydu, ondan da emin değildim ya. Ben böyle domuz gibi terler ve şempanze gibi kaşınırken, Adnan, son derece rahat ve kendinden emin görünüyordu, herhangi bir şüphe ya da tereddüt belirtisi yoktu. Başka bir açıdan yaklaşmayı denedim.

"Bilgisayarla konuşmayı seviyorsunuz diye duydum."

"Bilgisayar?"

"Şu ön salondaki televizyon ekranı var ya..."

"Ha evet, seviyorum. Çok komik."

"Komik mi buluyorsunuz?"

"Evet, düz olması yüzünden herhalde."

"Ekranın düz olması mı?"

"Evet. Zaten düz olmayan bir şey nasıl komik olabilir ki!"

"Olmaz mı?"

"Sanırım ikimiz de nizami kıvrımları olan bir şeyi komik bulacak kadar vicdansız değiliz."

"Yani... evet... ama... amaç komik olması değil zaten. Amaç bir iletişim kurabilmek. Yani sizlerle bizim aramızda."

"Evet, evet, siz iletişimi girdapla aynı anlamda kullanıyorsunuz. Benim için fark etmez, ayakta durma takıntısı olan sizsiniz. İnşallah günün birinde ayaklarınızı solungaç olarak kullanmak zorunda kalmazsınız."

"Nasıl... yani öyle bir risk mi var size göre?"

"Sizin için var. Benim ayrı ayrı birer çamaşır makinesi ve televizyona ihtiyacım yok, onu demek istiyorum."

"Yani içerideki ekran sizin için çamaşır makinesinden farksız mı?"

"Çok daha komik. Düz olması yüzünden herhalde."

"Düz derken... mecazi bir şeyden mi bahsediyorsunuz? Yani sığ, inceliksiz falan anlamında mı?"

"Ha ha ha! Bunu soracağını biliyordum. Yanılmamışım, sen gerçek bir Sibirya tavşanısın."

Bunu, bu hayvanın hangi özelliğine istinaden söylemişti acaba? Hakaret olarak mı algılamalıydım? Keşke gelmeden biraz zooloji çalışsaydım.

"Peki cevabı nedir? Televizyondan söylenenler fazla mı renksiz? Onu mu demek istiyorsunuz?"

"Sözlerin rengini, hareketlerin makamına tercih etmem mi gerekiyor?"

"Hayır, tercih değil... yani... ben sadece... düz derken..."

"Yalnız, bu yanlış, bu çok yanlış," diye sesini yükseltti aniden.

"Ne yanlış?" dedim.

"Bunu kesinlikle tasvip etmiyorum, çok yanlış," dedi tekrar.

Yüzüme değil, biraz daha aşağıya bakıyordu. Onun baktığı yere baktım. Gömleğim kan içindeydi. Nereden geliyordu bu kan? Benden. Burnum şırıl şırıl kanıyordu. Telaşla zile bastım. Birkaç kere... Aslında zile basmama gerek yoktu tabii, kalkıp odadan çıkabilirdim ama o anda insan düşünemiyor. Esra geldi, dışarı çıkarken bana eşlik etti.

Revire gittik. Esra tansiyonumu ölçtü, "Burnun sık sık kanar mı?" diye sordu. Lisede suratıma basket topu yediğimden beri kanamadığını söyledim. Tansiyon düşürücü bir ilaç verdi, biraz yatıp dinlenmemi önerdi. Ben orada yatarken Şule yanıma geldi, elini elimin üstüne koydu.

"İyi misin?"

"İyiyim."

"Ödüm patladı seni öyle görünce. Beyin kanaması falan geçiriyorsun sandım."

"Evet, ben de korktum. Tansiyonum yükselmiş galiba."

"Evet."

Bana dikkatlice baktı, revirin kapısına bir göz attı (kapalıydı), tekrar bana baktı, dudaklarını araladı bir şey söyleyecekmiş gibi, sonra vazgeçti.

"Ne oldu? Bir şey mi var?"

"Yok. Sonra konuşuruz. Sen şimdi dinlen biraz."

Şule çıktı, onun çıkmasından birkaç saniye sonra da uykuya daldım.

Rüyamda kendimi bir balık olarak gördüm.

Bir boğulma hissiyle nefes nefese uyandım. Nefesim normale dönene kadar yatakta kaldım, tavanı seyrettim. Sonra kalktım. Benim yattığım kısım bir perdeyle revirin diğer bölümünden ayrılmıştı. Perdeyi açtım. Esra orada, bilgisayar başındaydı.

"Aa, uyandın mı? Ayakta durma, gel otur şöyle."

Beni oturttu, tansiyonumu ölçtü, kendimi nasıl hissettiğimi sordu. Hâlâ gördüğüm acayip rüyanın etkisinde olmam bir yana tamamen normaldim.

"Tamam," dedi. "İki dakika izin ver, birlikte yukarı çıkalım sonra."

27

Yukarı çıktığımızda, Viktor ve Şule toplantı odasında bizi bekliyorlardı. Yüzlerinden sıkıntı akıyordu. Ben ve Esra da oturduk karşılarına. Şule herkese çay servisi yaptı. Birkaç dakika hiç kimseden ses çıkmadı. Kendi çayından ilk yudumu almasının hemen sonrasında söze ilk giren Şule oldu: "Neden böyle bir şey olduğu konusunda bir fikri olan var mı?"

Viktor doğrudan bana döndü: "Sıcak geldi mi? Konuşmada... kafa sıcak oldu mu?"

"Yok, sıcaklıkta bir artış hissetmedim," dedim.

Viktor arkasına yaslandı, "Aşırı doz," dedi.

"Nasıl yani?"

"İlaç fazla geldi, sıcak yok, tansiyon var, aşırı doz."

Bir an için, hepimiz bu dili Viktor gibi konuşsak çok daha kolay anlaşabilirdik gibi bir hisse kapıldım. Ama o seviyeye geri dönmemiz (ya da varmamız) o kadar kolay olmayabilir. Aslen tam o anda içimden yoğun ve ağır şekilde küfretmek geliyordu. Aklımdan, bayağı yaratıcı mizansenler de geçiyordu. Ama şu herifin hiçbir şey anlamayıp salak salak sırıtma ihtimali beni bunu yapmaktan alıkoyuyordu.

"Doğru dozun ne olduğu konusunda bir fikrimiz var mı?" dedim sinirimi bastırmaya çalışarak.

"Yarısı," dedi Viktor.

"Diyorsun," dedim, bu laf da nereden dilime takıldıysa!

"Dedim," dedi Viktor.

"Evet, dediğinin farkındayım," dedim.

Şule, olası bir sürtüşmeyi önlemek için araya girme ihtiyacı duydu: "Durun bir saniye." Viktor'a döndü. "Viktor," dedi, doğru sözcükleri seçmek için şöyle bir düşündü, "doğru dozun şimdikinin yarısı olduğunu gösteren bir veri var mı elimizde?"

"*Binary search*," dedi Viktor.

"Ne?" dedi Şule.

Viktor'un İngilizce söylediği şeye, Türkçede "yarılama" deniyor sanırım. Herhangi bir şeyin doğru miktarını bulmak için, önce tahmini bir miktar seçeriz. Fazla gelirse, doğru miktar sıfırla bir önceki arasında bir yerde demektir, o bölgenin tam ortasına bakarız, bu da önceki miktarın yarısıdır. Bunun az geldiği anlaşılırsa bir sonraki deneme baştaki miktarın dörtte üçüyle yapılır, her aşamada doğru tarafta kalan kısmı yarıya bölecek bir miktar seçilir, doğruyu bulana kadar böyle gider.

Bunu söyleyerek, aslında, başlangıçtaki miktarı rastgele belirlediğini de itiraf etmiş oluyordu. Ama, o kutup ayısı görüntüsünün altında tuhaf bir sevimliliği de vardı işin doğrusu, insanın kızası gelmiyordu.

Şule benimle aynı duyguları paylaşmıyordu belli ki: "Bu çok saçma," dedi. "Ya beyin kanaması geçirseydi!"

"Ben hesap yaptım ama yanlış," dedi Viktor.

"Ama senin görevin, hesap yapacaksan doğru yapmak, öyle değil mi?"

Viktor sinirlendi, Rusça homurdanarak kalkıp gitti.

Şule, Esra ve ben kaldık. Bir süre sessizce oturduk. Esra'dan da bir fikir ya da açıklama bekliyordum, doktor olan oydu sonuçta. Ondan bir ses çıkmayınca ben sordum: "Eee, sen ne diyorsun?"

"Yani, bilmiyorum, aslında..." diye başlayan birkaç cümle söyledi ama bundan sonrasını o kadar alçak sesle söyledi ki tek kelimesini bile anlamadım. Pek de merak etmedim açıkçası. Söylediklerine bizden bir tepki gelmeyince o da kalkıp gitti.

Şule'yle ikimiz kaldık. Şule çok gergindi. Bir şey söylemeye çalıştığını hissettim.

"Ne oldu?" diye sordum.

Çevresine bakındı, odanın kapısının aralık olduğunu fark etti, kalktı, kapıyı kapattı, geri gelip oturdu.

"Burası bitti," dedi.

"Neresi? Klinik mi?"

"Hayır, şehir. İstanbul... İstanbul bitti. Artık buradan geri çevirmek çok zor. Duyduğumuza göre en son belli merkezlerde kalan gruplar var, Taksim, Beşiktaş, Kadıköy... Kalan kısım tamamen enfekte gibi görünüyor."

"Ama diğer bölgelerde de sağlıklı insanlar kalmış olmalı değil mi?"

"Olabilir ama onlara ulaşmanın imkânı yok. Karantina bölgeleri yıkıldı, sınırlar kalktı, sokaklar abuklarla doldu. İçeriden o kadar çok adam çıktı ki sağlıklılar azınlıkta kaldılar. Birbirimizi kaybettik, artık kimin sağlıklı olduğunu bilmiyoruz. Burada işe yarar bir şey çıkarsak bile, biz bunu yapana kadar sağlıklı diye bir şey kalmayacak. Şu andaki gidişi tersine çevirecek zaman yok. Biz istediğimiz her şeyi başarsak bile geri çeviremeyiz artık."

"Peki ne yapacağız?" dedim.

"Sence?" dedi Şule.

Bir düşündüm. "Nereye?" dedim.

"Hobart."

"Hobart?"

"Tasmanya, Avustralya."

"Birlikte mi?"

"Babamı ikna etmeye çalışıyorum."

"Ama o benim gelmemi istemiyor, değil mi?"

"İstemiyor."

"Haksız sayılmaz. Ben de olsam benim gelmemi istemezdim."

"Hayır, sen hasta değilsin. O da anlayacaktır. Hastalıkla karşılaşmadığımız sürece normal bir hayat sürebiliriz."

"Peki ya anlamazsa? Ya ikna olmazsa?"

Başını önüne eğdi, "Bilmiyorum," dedi.

İçimde bir şeyin koptuğunu hissettim.

"Seninle birlikte kalmanın bir yolunu bulmaya çalışacağım, sonuna kadar. Ama, şu anda, sana herhangi bir söz verebilecek durumda değilim. Anlıyorsun beni, biliyorum."

"Anlıyorum, tabii."

28

Deniz kıyısından Bebek'teki eve kadar yürüdüm. Etraf alışılmadık derecede boş görünüyordu. Genelde günün her saati bir parça hareketli olan Bebek meydanında bile tek tük insan vardı. Şule de benimle gelmek istedi ama engel oldum. Ona kızdığım için böyle yaptığımı düşünmesini istemem, ona da öyle olmadığını anlatmaya çalıştım. Aslen içimden fena halde hüngür hüngür ağlamak geliyordu ama Şule'nin böyle bir şeye tanık olmasını hiç istemiyordum. Bu her şeyi mahvederdi. Onu herhangi bir şekilde etki altında bırakmak büyük bir haksızlık olurdu. Kendi kararını verme şansını hak ediyordu.

Şule'den ayrıldıktan sonra, sahil yolunda yürürken sakinleştim. Eve gittim ve saatlerce televizyon seyrettim. Açılmış bir şişe şarap vardı, ondan bir bardak içtim. Sonra poşet çay içtim birkaç tane.

Televizyonda Şule'nin dediklerine dair bir şeyler duymayı umuyordum. Ama her zamanki yayınlar devam ediyordu. Şehir merkezindeki karantina bölgesinin dağılması, bir süre haberleri meşgul etmişti ama giderek bu konudan bahsedilmez olmuştu. Yetkililer, durumun kontrol altında olduğunu, vatandaşların endişeye kapılmamasını söyleyip duruyorlar. Bunun yalan olduğunu bizzat gördüklerimden biliyorum. En azından, şehrin üstüne bir bulut gibi yerleşmiş bu yanık kokusu bile bir şeylerin ters gittiğinin kanıtı. Durumun gerçekte nasıl olduğunu ise televizyondan öğrenmek mümkün değil.

Tartışma programlarında, artık neredeyse sadece askeri tedbirler konuşuluyor. Bazı Afrika ülkelerinde olduğu gibi, sokakta dolaşıp abuk gördükçe vuran abuk imha timleri işe yarayabilir mi acaba? Ama bu timlere abukların sızmayacağından nasıl emin olabiliriz? Birkaç sene önce bunların konuşulduğunu duysak kulaklarımıza inanamazdık herhalde ama şimdi gündelik konular bunlar. Aslında hemen hemen herkes, kanlı önlemler için geç kalındığının farkında. Artık, ne kadar insan öldürürseniz öldürün, kalanlar arasında aynı oranda abuk olmayacağından emin olamazsınız.

Ertesi gün işe gitmedim. Galiba bunun için Viktor'dan izin (veya doktordan rapor) almam gerekiyordu ama öyle bir şey de yapmadım. Akşama doğru Şule uğradı. Önce havadan sudan konuştuk. Şule sıkıntılıydı, konuşmakta zorlanıyordu. Ona, kendini bana karşı sorumlu hissetmemesi gerektiğini anlatmaya çalıştım. O da "Tamam" dedi. Daha fazla üzerinde durmadık. Konu kaçınılmaz olarak Adnan'la görüşmemize geldi.

"En tuhafı," dedim, "bir şeyleri anlayamadığına ya da idrak edemediğine dair hiçbir şüphesinin olmaması. Her söylediğinden son derece emin görünüyor. Bu durumda onu mantıklı bir zemine nasıl çekerim, bilemiyorum."

"Aslında herhalde, onun merak etmesini sağlamak lazım. Yani merakını çekecek bir şeyler söyleyip, devamını onun sormasını sağlamak. Nasıl mümkün olur bilmiyorum ama."

"Onun söylediğini duymazdan mı gelmeliyim acaba? Aslında yazılım da temelde öyle bir şey yapıyor. Onun söyledikleriyle ilgili olduğunu kabaca tahmin ettiği bir şey söylüyor. Ama bunun gerçekten onun söylediğine cevap olma ihtimali o kadar düşük ki, pratikte onun söylediğini duymazdan geliyor denebilir. Bu yöntemin bir ölçüde başarı sağladığına inandığımıza göre, belki de bu yoldan gitmek lazım."

"Hastaların bilgisayarla konuşmalarının kayıtlarını dinlemelisin belki de. Aynı soğutma tedbirlerini alarak..."

Aslında bu daha önce konuşulmuştu. Ama Viktor bunun benim üzerimdeki riski iki katına çıkaracağını düşündüğü için karşı çıkmıştı. Yazılım, başlangıçta, abuklamayı öğrenmek üzere geliştirilmişti, dolayısıyla kendisi de başlı başına bir tehdit sayılabilir. Bu kayıtlar şifreli dosyalarda tutuluyor, günün birinde bir işe yarayabilir diye. Ama kimse açıp dinlemiş değil tabii.

Akşamın sonunda Şule'yi öptüm ve evine uğurladım. Birkaç gün dinlenmek istediğimi söyledim ve bunu Viktor'a da iletmesini rica ettim. Vedalaşmayı uzatmanın anlamı yoktu. Babasının ayarladığı kaçışın tarihine kadar on gün kadar bir zaman vardı. Yeniden görüşme şansımız olacaktı.

Fazıl Bey ve ailesinin Tasmanya'ya giderken beni de yanlarına almalarına en ufak bir ihtimal vermiyordum. Şule, böyle bir ihtimalin olduğuna kendini inandırırsa kalan günlerin daha kolay geçeceğini düşünüyordu belki de. Kafasında babasıyla gitmek yerine benimle kalmak gibi bir düşünce var mı, bilmiyordum. Ama elimden geldiğince böyle bir şey yapmasına engel olmam gerektiğinden emindim. Sadece Şule için değil, biraz da Derya için. Anlatması zor.

Sonraki birkaç gün son derece sakin geçti. Bir kez alışveriş için evden çıkmak zorunda kaldım. Onda da açık bir dükkân bulana kadar epey dolanmam gerekti. Sonunda bulduğum dükkân açık görünüyordu ama içeride kimse yoktu. Seslendim, cevap veren olmadı. Ben de lüzumlu şeyleri alıp çıktım. Bir an için, ücretini tezgâhın üzerine bırakmak aklımdan geçti ama yapmadım.

Şule'yi özlüyordum, onun yokluğu boğazıma bir düğüm gibi yerleşmişti. Gitme desem benimle kalır mıydı acaba? Benden sadece bunu duymayı mı bekliyordu? Bu düşünceyi aklımdan kovmaya çalışıyordum.

Onsuz geçen üçüncü günün gecesinde kapım çalındığında, onun geldiğini düşünerek heyecanla kapıya koştum. Şule'nin minik yüzünü görmeyi beklediğim yerde Viktor'un devasa vücudunu görünce gayri ihtiyari bir adım geri sıçradım.

"Saat geç, pardon," dedi.

"Önemli değil. Buyur, geç içeri."

Geçip oturdu.

"Bir şey içer misin? Votka yok yalnız, şarap var istersen."

"Şarap," dedi Viktor.

Birer bardak şarap doldurup getirdim, karşısına oturdum.

"Klinik kapanacak," dedi. "Mesut Bey gidiyor. Hemşireler gidiyor. Herkes gidiyor. Kapıyı açacaklar. Hastalar serbest olacak."

"Ne zaman?"

"Bilmiyorum. Çok yakın."

"Sen ne yapacaksın?"

"Ben de gideceğim. Ama önce..." Şarabından bir yudum aldıktan sonra devam etti. "Şimdi, Haluk bazen bilgisayar karşısında oturuyor."

"Yani?"

"Yani konuşacak."

"Benimle mi?"

"Belki bilgisayarla. Ama sen gelirsen, seninle."

"Kliniğe gelip Haluk'la konuşmamı mı istiyorsun?"

"Evet."

"Viktor, oradan bir şey çıkmayacak. Bunu artık senin de kabul etmen lazım. Onlar bizim söylediklerimizle ilgilenmiyorlar. Onları eğitebileceğimizi düşünüyorsun ama onlar eğitim falan istemiyorlar. Onlar, kendilerine göre, zaten her şeyi biliyorlar, fazladan öğrenecekleri hiçbir şeye ihtiyaçları yok."

"Evet, anladım. Ama belki Haluk farklı. Belki o ilk olacak. Biliyorum çok zor. Ama başka yok. Tek yol bu. Yoksa herkes gidecek."

"Adnan'la konuşan bendim. İyileşme yönünde en ufak bir arzusu yoktu. Haluk'un durumunun farklı olması için bir neden var mı? O da aynı süreçlerden geçti."

"Yok. Neden yok. Ama şey var... *nadyejda*."

"Anlamadım."

"Yani... iyi bir şey beklemek."

"Umut."

"Evet, umut."

Herhangi bir umut yoktu bana göre. Ama benim için yapacak başka bir şey de yoktu. Şule gidiyordu. Ben de başka bir şehre kaçabilirdim. Salgının bu kadar yayılmadığı bir yere, küçük bir kasabaya belki... Ya da annemin yanına dönerdim. Kalan hayatımı diğer herkesten saklanarak geçirebilirdim. Ama şu işi bitirmemiş olacaktım. Elimden gelen her şeyi yapmamış olacaktım. Evet, bunun bir anlamı yoktu ama her şeyin değeri de anlamıyla ölçülmezdi. Yoksa ölçülür müydü? Bilemiyordum.

"Ne zaman?" diye sordum.

"Şimdi. Başka zaman yok."

29

Klinikte bizi Esra karşıladı. Onunla birlikte gece nöbetçisi olarak kalan iki hastabakıcı ve hastalar dışında kimse kalmamıştı. Hastaların bulunduğu bölümden bağırtılar geliyordu. Ortamda uğursuz bir hava vardı. Esra bize birer kulaklık getirmişti. Yukarıdaki ofise çıkana kadar kulaklıklarımızı taktık. Kulaklıklarda, hep olduğu gibi, tiz frekansları baskın bir elektronik müzik çalıyordu. Volüm çok yüksek olmadığı için dışarıdan gelen sesleri duyabiliyorsunuz ama tiz frekanslar yüksek olduğu için dışarıdan gelen aynı frekansları bastırıyor ve ünsüzleri birbirinden ayırt edemiyorsunuz, dolayısıyla konuşulanları anlayamıyorsunuz. Prensip bu.

Esra'ya Şule'yi görüp görmediğini sordum yukarı çıktığımızda. En son klinikte bir araya geldiğimizden beri görmediğini söyledi.

Esra ilacı hazırlamaya girişti. Bir öncekinin yarısı civarında bir doz belirlemişler, son seferinde konuştuğumuz gibi.

Viktor da bu arada soğutma başlığına yerleştirdiği, termometreye bağlı alarm sistemini son kez deniyordu.

Kapı tıklatıldı. Hemşirelerden biri kapıdaydı. Esra kalktı kapıya gitti. Fısır fısır bir şeyler konuştular, daha doğrusu tartıştılar demek lazım, çünkü arada sesler yükseldi birkaç kez. Sonunda hemşire gitti, Esra yanıma döndü.

"Ne oldu?" dedim.

"İlknur... Gitmek istiyor."

"Nereye?"

"Bilmem, evine herhalde."

Daha fazlasını sormadım. Esra ilacı hazırlamıştı bu arada, iğneyi yaptı. Sessizce beklemeye başladık. Bir ara bulunduğumuz katın penceresinden bahçeye baktım. İki kişi vardı, biri hasır bir koltuğa oturmuş gökyüzüne bakıyordu, öbürü de eğriler çizerek yürüyordu. İkisi de Haluk değildi.

Biraz daha zaman geçtikten sonra Esra, İlknur'a telefon edip Haluk'u görüşme odasına getirmesini istedi. Biz de aşağı indik. Görüşme odasındaki aynanın arkasında kalan bölümde beklemeye başladık. Bekleyiş uzayınca Esra durumu kontrol etmek için dışarı çıktı. Birazdan geri geldi. "Tamam, sorun yok, geliyorlar," dedi.

Haluk Hoca, İlknur'un eşliğinde odaya girdi. Bir şeyler söylüyor, ama İlknur'un kulağında kulaklıklar var, hiçbir lafını anlamıyor, boş boş bakıyor sadece. Masanın başında da tartışma birkaç dakika sürdü. İlknur, el-kol hareketlerinden anlaşıldığı kadarıyla, Haluk'u oradaki sandalyeye oturmaya ikna etmeye çalışıyor. Haluk ne anlatmaya çalışıyor, bilmiyoruz.

Sonunda Haluk oturdu ve İlknur dışarı çıktı. Başlığımı taktım, kafamda kurduğum ilk cümlelerimi tekrar gözden geçirdim, derin bir nefes aldım ve içeri girdim. Haluk Hoca'nın karşısına oturdum, başımla selam verdim. O da selam verdi.

"Haluk Hoca, neden burada kapalı tutulduğunu biliyor musun?"

Boş gözlerle baktı.

"Çünkü hastasın. Sen ve diğerleri, çok tehlikeli bir hastalık taşıyorsunuz. O yüzden buradan çıkmanıza izin verilmiyor. Bunun farkında olmayabilirsiniz ama farkına varmanız lazım. Çünkü... bütün uygarlığımız bu yüzden yıkılmak üzere. Ancak sen bunun farkına varırsan kurtulabilir."

Yüzünde meraklı denebilecek bir ifade oluştu. Dudaklarını araladı ve şöyle dedi: "Sen armut musun?"

Hadi bakalım! Bana, çok önemli bir şahsiyet, bir tür abuk bilge gibi sunulan şu adamın ilk ettiği lafa bakın! Hayal kırıklığımı gizlemeye çalışarak sakince cevap verdim: "Hayır, gördüğün gibi insanım. Neden armut olduğumu düşündün?"

"Ben bir armutla görüşmeyi bekliyordum."

"Neden? Öyle bir şey mi söylendi?"

"Söylenmedi. Bir tahminde bulundum sadece. Çıkarsama da diyebiliriz."

"Peki öyle bir şey nasıl olabilir? Bir armut konuşamaz. Öyle değil mi?"

"Konuşmak başka, görüşmek başka."

"Görüşmek... Görüşmek birbirini görmek demektir. Sen armutu görebiliyorsun ama armut seni görebiliyor mu?"

Bunu söylediğim anda "armut"un "Murat"ın anagramı olduğunu fark ettim. Tüylerim ürperdi.

"Bu hiç güzel bir soru değil," dedi.

"Nasıl yani?"

"Güzel bir soru değil. Çirkin bir soru."

Konuyu değiştirip durmasına izin vermek istemiyordum ama bunu yapmakta zorlanacaktım anlaşılan.

"Ama sorunun güzel veya çirkin olmasının ne önemi var? Önemli olan doğru soru olması, değil mi?"

"Emin misin?"

"Evet, elbette eminim." Hiç emin değildim aslında, ama beni tereddüde düşürmesine izin vermeye niyetim yoktu. "Doğru soruları sormayı unutursak, hiçbir şey yapamaz oluruz. Sadece yıkarız. Ama hiçbir şey yapmayan, sadece yıkan yaratıklar olmak bize yakışmaz. Şu kafamızın içinde taşıdığımız kocaman gri kütleye hakaret olur bu. Anlayabiliyor musun beni?"

Güldü. "Sizin sorununuz ne biliyor musun? Asla şimdiki zamanı yakalayamıyorsunuz. Hep peşinden koşuyorsunuz. Yakaladığınızı sanıyorsunuz ama bir bakıyorsunuz ki o şimdiden geçmiş zaman olmuş."

"Eee... evet ama herkes için geçerli bu. Sen yakalayabiliyor musun şimdiki zamanı?"

"Benim yakalamam gerekmiyor. Ben onun içinde yaşıyorum."

"Bu ne demek? Yani aklına ne eserse onu mu yapıyorsun? Geçmişi ve geleceği düşünmeden, sadece şimdiki zamanı yaşayarak..."

Bana doğru eğildi. "Ben akıl değilim, esen şeyim. Akıl sensin. Esen benim. Yani ben, senin aklına esiyorum. Anladın mı?"

"Aaa... yani sen... diyorsun ki..."

"Ve sen aslında başka birinin aklısın. Ve o da başka birinin aklı. Ve o da başka birinin... Ve hepsinin arkasında kim var biliyor musun? Ben varım. Yani sen aslında benim aklımsın. Ve ben sana esiyorum. Kendi aklıma esiyorum aslında. İşte şimdiki zamanın içinde yaşamak dediğim şey bu."

Evet, doğru söylüyordu. O dönüyordu ve ben ölüyordum. Sırf dalgalanmaktan korktuğum için batmayı tercih etmiştim. Görebiliyor ve konuşabiliyor olmanın şimdiki zamana nüfuz etmeye zerre kadar faydası yoktu. Armutla benim aramda basit bir sıralama farkından başka bir fark yoktu. Ve benim sandığım akıl aslında benim değildi. Ve nasıl sinsi bir pezevenkti bu! Yavaş ama etkili yaklaşmıştı.

Bir anlık panikle zile bastım. Sonra toparlandım, ayağa kalktım, Haluk Hoca'ya iyi günler diledim. Bu arada Esra kapıyı açmıştı, şaşkın şaşkın bakıyordu. Ben çıkarken Haluk Hoca arkamdan konuşuyordu.

"Hâlâ yakalamaya çalışıyorsun ama yakalayamazsın. Halbuki bıraksan içine düşeceksin zaten."

Kapıyı kapattık.

"Ne oldu?" dedi Esra.

"Yok, önemli bir şey değil. Bu konuşma çok anlamsız, çok gereksiz," dedim.

"Sen iyi misin?" dedi Viktor.

"İyiyim, iyiyim. Biraz sinirlerim bozuldu sadece."

Birlikte yukarı çıktık. Viktor bir şeyler sorup duruyordu, o sordukça ben daha çok sinirleniyordum. Sonunda "Kes artık, yeter!" diye bağırdım, o da sustu. Sessizce oturduk bir süre. Sonunda sessizliği bozan ben oldum: "Viktor, sana bağırdığım için kusura bakma. Bu konuşmadan bir şey çıkmayacağını biliyordum, sen ısrar ettiğin için kabul ettim. Ama artık yapabileceğim bir şey kalmadı. Beni anlıyorsundur sanırım."

"Evet, anladım," dedi Viktor.

Ayağa kalktım, "Ben gidiyorum," dedim.

Viktor da ayağa kalktı, bir heykel gibi dikildi karşımda. Kucaklaştık sessizce. Esra'yla da vedalaştım ve oradan ayrıldım. Büyük bir ihtimalle bir daha gelmemek üzere...

Eve vardığımda hâlâ ağır bir sıkıntı içindeydim, yerimde duramıyordum. Biraz şarap içmeye niyetlendim ama hepsini bitirdiğimi fark ettim. Sonunda böyle zamanlarda genelde yaptığım gibi televizyonu açtım. Haberleri izledim. Sonuna doğru, salgınla ilgili ibret hikâyeleri anlatılan bölüme geldi sıra. Halkı hastalığın ne kadar ciddi olduğuna ve ne pahasına olursa olsun korunulması gerektiğine ikna etmek için yapılan haberler... Normalde izlemekten kaçındığım bir bölümdür, durup dururken dehşet dolu görüntülere maruz kalmanın bir anlamı yok. Ama o sırada tuhaf bir haldeydim, kanal değiştirmek hiç aklıma gelmedi.

Ve görmeyi hiç beklemediğim birini gördüm.

ARDS hastalığı bugün inanılmaz bir olaya daha neden oldu sayın seyirciler. Hastalığın pençesindeki ödüllü doktor ve bilim adamı Özgür Çağlar, çalışmalarını sürdürdüğü özel muayenehanesinde, kendi kendine elektrik vererek kendini yaktı.

Güvenlik kamerasından alınan siyah-beyaz görüntüyü gösteriyorlar. Özgür, iki tane çubuğu aynı anda iki eliyle tutuyor, az sonra tüm vücudu ampul gibi ışıl ışıl parlamaya başlıyor. Asistanı olduğu söylenen bir kız konuşuyor:

"O görüntü hayatım boyunca gözümün önünden gitmeyecek. Saçları dimdik olmuştu, gözlerinden ateşler çıkıyordu ve kahkahalarla gülüyordu."

Nefesim daraldı, boğulacak gibi oldum. Evin içinde volta atmaya başladım. Evde duramayacaktım. Dışarı çıktım. Küçükbebek yokuşunu koşarak indim. Sahil yoluna çıktım, Arnavutköy tarafına doğru yürümeye devam ettim. Nefesim kesilmişti ama duramıyordum. Sinirden başım dönüyordu.

Surata inen darbeden daha iyisini bulmuştu demek. Aptal herif!

Sahil yolunda tek tük arabalar vardı, onlar da bir sokaktan çıkıp başka bir sokağa giriyorlardı. Karşıdan gelen araba yoktu. Arnavutköy'ü geçtikten hemen sonra bunun nedenini anladım. Önce, yaşadığım şok yüzünden halüsinasyon gördüğümü sandım. Biraz daha yaklaşınca gerçek olduğundan emin oldum.

Önümde, yolu tamamen kapatacak şekilde yan yatmış bir gemi duruyordu.

Kayganlık Bayramı

30

İnsan, yaşadığı hayatın çok küçük bir kısmını hafızasında tutuyor aslında. Doğduğumdan beri on üç binden fazla gün yaşamışım ama tüm anılarımı toplasam birkaç haftaya sığar sanki. Mesela, lisede üç yıl okuduğumu biliyorum ama bu üç yılı hatırladığım için değil, başladığım ve bitirdiğim tarihleri bildiğim için. Liseye ait anılarım ise beynimin depolamaya değer bulduğu bir avuç şey sadece.

İnsanın aklında en çok kalansa, yaşadığı travmalar oluyor. En eski anım, koltuktan düşüp başımı sehpaya çarpmam. Kaç yaşımdaydım bilmiyorum ama koltuktan düşebilecek boyutta olduğuma göre iki falan olmalı. Halbuki iki yaşımdayken, eminim, komik sesler çıkarıp etrafa gülücükler saçarak geçirdiğim pek çok mutlu zamanım olmuştur. Ama onları hatırlamaya değer görmemişim.

Hayatta atacağımız bir sonraki adıma karar verirken, öncelikle hafızamızda kalan tecrübelerden yola çıkıyorsak eğer; en çok, yaşadığımız travmalara, yediğimiz darbelere göre karar veriyoruz demektir. Bu kadar korkak olmamızın nedeni bu olmalı.

Düşünürsem, benim de hayatımın belli başlı dönemlerini, yediğim darbeler birbirinden ayırıyor. Bir tanesi, hiç kuşkusuz, lisedeyken suratıma basket topu yemem. Çok önemli gibi görünmeyebilir ama bu dünyada çevrede hüküm süren aptallıkla ilgilenmeden kendi yolunda gitmek gibi bir şeyin mümkün olmadığının idrakine ilk vardığım andır muhtemelen. Siz kendinizi dış dünyaya ne kadar kapasanız da, kimden geldiği belli olmayacak şekilde bir saldırıya uğrayabilirsiniz, üstelik bu saldırı cezasız kalabilir. Bu olasılıkla yaşamayı öğrenmek zorundasınız.

Televizyonda Özgür'ün başına gelenleri görmem de böyle bir darbeydi benim için. Günün birinde onun eceliyle olmayan ölümünü haber alacağımı içten içe hep biliyordum ama bu olduğunda kendimi bu kadar derin bir yalnızlık içinde hissedeceğimi tahmin etmemiştim.

Klinikteki yangın da bir travma olabilirdi, eğer hatırlayabiliyor olsaydım. Aklımda silikleşmiş görüntüler var sadece. Ama hepsi bir yana, yıllardır gözümün önünden gitmeyen, geceleri beni uykumdan uyandıran ve her aklıma geldiğinde içimi acıtan görüntü, annemle Derya'nın görüntüsü.

Annem severdi Derya'yı. Başta araları soğuktu ama zaman içinde giderek yakınlaştılar. Derya'da şeytan tüyü vardı biraz, herkesin dilinden konuşmayı becerebiliyordu. Annemle de arkadaş olmayı başardı, hatta sonunda öyle bir noktaya geldik ki onların ikisi tarafından dışlanıyor gibi hissetmeye başladım kendimi.

Derya'yı annem buldu, şimdi hiç anlatmak istemediğim bir halde. Ben geldiğimde, annem yere çökmüş haldeydi, bir şarkı mırıldanıyordu. Aklı yerinde değildi. Toparlanması zaman aldı. Ve galiba, ona bunu yaşattığım için beni hiç affetmedi.

Şimdi düşünüyorum da beni hastalığın pençesinden çekip çıkaran şey bu görüntüye tanık olmamdı belki de. Evet, Özgür'ün uyguladığı tedavi, nasıl olduysa, işe yaramış görünüyordu. Normal hayatımı sürdürebilir hale gelmiştim. Ama belki böyle bir şey yaşamasaydım bu durum kalıcı olmayacaktı. Bunu bilemem tabii, sadece bir histen bahsediyorum.

Gözümün önünde, caddenin üzerinde yan yatmış gemiyi izlerken bunları düşünüyordum. Gemi birkaç yerinden birden yanıyordu. Burnu yol kenarındaki binalardan birine girmişti, binayı da yıkarak. Kıç tarafına yakın bir noktada küçük bir patlama oldu. Orada daha fazla durmamam gerektiğini anladım. Geri döndüm. Ama eve gitmek istemiyordum. Evde yapabileceğim bir şey yoktu. Kıyı boyunca ters yönde (kuzeye doğru) yürüdüm. Üniversitenin alt kapısının önünden geçtim. Burası uzun zamandır kapalı duruyordu. Baltalimanı'na kadar geldim. Orada yol yıkıntılarla kapanmıştı. Sola saptım, yukarı doğru yürümeye devam ettim. Bir kedinin peşinden gittim bir süre. Beni doğru yere götüreceğini düşündüm nedense. Ama beni fark edince kaçıp kayboldu. Sonra bir kargayı kestirdim gözüme. Havalanıp on metre kadar uçuyor, tekrar konuyor, bakınıyor, tekrar havalanıyor. Benim peşinden geldiğimi fark etti mi bilmiyorum, dönüp bana baktığını görmedim hiç. Ama gözleri yanlarda olduğu için belki de aslında gagası bambaşka bir yöne dönükken bana bakıyordu. Kuşlarla göz göze gelmekle ilgili böyle bir problemimiz var, balıklarla olduğu gibi. Epey bir süre bu şekilde devam ettik, o kalkıp biraz ileri uçtu, ben de arkasından yürüdüm. Sonunda yorgunluktan bacaklarım tutmaz hale geldi, kendimi yolun kenarına bıraktım. Bir direğe sırtımı dayadım. Gülmeye başladım nedensiz yere. Sonra da uykuya daldım. Karga ne yaptı bilmiyorum.

Rüyamda annemin evindeydim. Kaşıntıdan yerimde duramıyorum. Banyoya girmeye karar veriyorum. Vücudumu hunharca keseliyorum ama kaşıntı geçmiyor. Derken, derim soyulmaya başlıyor, altından koyu yeşil metalik renkli bir doku çıkıyor, sürüngen derisi gibi biraz. Derinin tamamen soyulduğu yerlerde kaşıntı geçiyor ama üzerinde deri bulunan yerler hâlâ kaşınıyor. Bir yandan dehşete kapılıyorum, bir yandan da kaşıntı o kadar dayanılmaz ki, kendi derimi yüzmeye devam ediyorum.

31

Birisinin omuzumu dürtmesiyle uyandım. Açtım gözlerimi. Hava aydınlanmaya başlamıştı. Karşımda bir adam vardı, bir yerden tanıdık.

"Murat Bey?"

"Evet?"

"İyi misiniz?"

"Sağ olun, siz nasılsınız?"

"İzin verirseniz sizi evinize bırakayım."

"Evime mi? Evim yok ki benim."

"Bebek'te kaldığınız eve."

"Pardon, sizi nereden tanıyorum acaba?"

"Ben Fazıl Bey'le çalışıyorum. Daha önce de sizi eve bırakmıştım, İkitelli'den geldiğinizde."

"Ah, evet."

Öncekinden farklı bir arabaydı, büyük bir arazi aracı... Arka koltuğuna bindim. Boğaz, yeni doğmakta olan güneşin ışığıyla pırıl pırıl parlıyordu. Havada keyif verici bir serinlik vardı. Engebeli bozuk yollardan geçerek Armutlu'ya doğru çıktık. Armutlu tel örgülerle çevriliydi. Tel örgülerin arkasında silahlı korumalar vardı. Salgının ilk günlerinden beri kendini dışarı kapatmış bir mahalleydi burası. Acaba korunmayı başarabilmişler miydi? Bilmenin imkânı yoktu.

Oradan Etiler'e ve oradan da Bebek'e doğru devam ettik. Evin sokağına girip durduk. Şoför bana döndü, "Şule Hanım evde sizi bekliyor," dedi.

Eve çıktım, kapıyı tıklattım. Şule açtı, "Murat" diyerek boynuma sarıldı. Bu ânı nasıl özlemle beklediğimi anlatamam ama Şule bana sarıldığında tuhaf bir soğukluk hissettim sadece, bir elektrik direğine sarılıyormuşum gibi.

"Neredesin sen? Meraktan deliye döndüm."

Bu soruya verilecek bir cevabım yoktu.

"Kliniğe gitmişsin, Haluk Hoca'yla görüşme yapmışsın?"

"Evet."

"Anlamıyorum. Neden böyle bir şey yapıyorsun? Hiç benimle konuşmadan, ben orada yokken..."

"Sen orada yokken mi? Sen yoksun zaten. Artık yoksun."

"Neden öyle diyorsun? Birkaç gün dinlenmek istiyorum demiştin. Benden uzak kalmak isteyen sensin."

"Şule, sen gideceksin. Ve gitmelisin. Sana kızmıyorum, gitmeni istiyorum. Ama beni bırakman lazım artık."

Ağlamaklı oldu.

"Seninle kalmak için elimden geleni yapacağım demiştim."

"Ama elinden bir şey gelmeyecek. Sen de biliyorsun bunu. Bir yerde bir sınır çizmen gerekecek ve hiç kimse bunun düz bir sınır olacağının garantisini veremez. Çoğu sınır eğri büğrüdür. Hiç haritaya bakmadın mı sen?"

"Nasıl?"

"Sen hayatıma girdiğin için o kadar şanslıyım ki! Belki de bir daha bu kadar güzel bir şey yaşayamayacağım. O yüzden, en azından bunu yaşadığım için çok mutluyum. Ama bunu sen de güzel bir şey olarak hatırlamalısın. Pişmanlıkların bir yoğunluğu vardır çünkü, sen hareket ettikçe dibe doğru giderler. Sonra bir bakarsın ki onların çevresinde döner olmuşsun."

"Nasıl yani?"

"Yaşanmış olanlarla asla yaşanamayacak olanlar, yıkılmış binalar gibi birbirlerini okşayıp duracaklar. Asıl sınırı tezatlarla yanılgılar arasına çizeceksin, eğri büğrü olmasına aldırmadan. Şimdiki zaman, geleceğin önünde duruyor sanıyorsun, halbuki içinden geçiyor aslında. Öyle olmak zorunda daha doğrusu, bütün bu beton sevgisinin bir açıklaması olmalı."

"Peki, o yüzden mi sen... Yani ben burada yokken..."

"Senin yokluğun tarihin boşluğu gibi. Boşluğun ciddiyeti, şekli olmamasından değil, o şeklin bizim hayalimizin dışına taşmasından geliyor. Boşlukla zinciri ayırt edemez hale gelirsek ruhumuzu teslim edecek bir makam bulamayacağız. Aslında, belki farkına varmıyoruz ama sırf kıkırdaklarımız var diye kıkırdamak zorunda değiliz. Çöl yağmuru özlemez, çöldür o çünkü. Bunu anlasan bile yeterli."

Gözleri buğulandı, heyecanını nefes alıp verişinden hissedebiliyordum.

"Evet, tabii," dedi, "Şimdi anlıyorum. Eğrilerle aramız bu kadar kötü olmasaydı, hayat boyu hiç birbirimize çarpmadan yaşayabilirdik. Ve tüm eşyalarımız kıvrımlı ve saçlarımız da kaçınılmaz olarak kehribar rengi olurdu."

"Evet. Üstelik sarsıntıların müptelası olmaktan da kurtulurduk."

Gerçeğin keskinliğinden büyülenmiş halde, coşkuyla baktık birbirimize.

Sonra Şule'nin bakışları yavaş yavaş donuklaştı ve yüzünü bir dehşet ifadesi kapladı.

"Bana hastalığı bulaştırdın," dedi titreyen bir sesle.

"Ne?"

"Neden böyle bir şey yaptın?"

"Ne diyorsun sen? Anlamıyorum, ne hastalığından bahsediyorsun?"

Hıçkıra hıçkıra ağlıyordu artık. "Neden yaptın bunu, neden?" diye bağırdı. Koşarak dışarı fırladı. Arkasından koşmak istedim ama sonsuz döngüye girmekten korktum açıkçası. Yerimden kımıldayamadım.

32

Ev sessizleşti birden. Kendi kalp atışımdan başka bir ses duymuyordum. Nasıl bu hâle geldiğimizi anlamaya çalışıyordum. Karşımda dümdüz ve nihai düzlemine dik duran televizyona baktım ve gülmeye başladım. Yerçekimiyle girdiğimiz gereksiz inatlaşma, dört boyutumuzdan birini tamamen kaybetmemize mal olmuştu ama hâlâ aklımız başka yerdeydi.

Şule'nin nereye gittiğini bilmiyordum ama annesinin yanına gittiğine dair çok güçlü bir hissim vardı. O kalkıp gitmeden hemen önce, büyük ve kutsal bir çan çalmıştı şehrin üstünde ve o çanı duyduğumuzda, nerede olursak olalım, annemizin yanına gitmemiz gerekiyordu. Herkes annesinin dizinin dibine vardıktan sonra ayakta kalanlar, bütün bu olup bitenler için sorumlu tutulacaktı, sonsuza kadar.

Sorun şuydu ki, annemin kim olduğunu ve nerede olduğunu şu an için bilemiyordum. O bilgi geçici olarak toprağa verilmişti ve nasıl geri alınacağı meçhuldü. Toprak da pek borcuna sadık diye bilinmez, malumunuz.

Onun yerine, türüm adına yerçekimine bir barış çağrısı yapmaya karar verdim. Televizyonu kaldırdım ve nihai düzlemine ulaştırmak üzere pencereden aşağı attım. Bu herkes için en iyisiydi, televizyon dahil. Neden daha önce aklıma gelmediğine şaştım.

Evden çıkmak için gökyüzündeki kasılmaların biraz olsun gevşemesini bekledim. Sonra çıktım. Dışarısı son zamanlardaki haline göre hareketliydi, hepsi başka bir yerlere gidiyor gibi görünen bir sürü insan, karıncalar gibi kaynaşıyordu. Ben de katıldım aralarına, rastgele bir yöne doğru yürümeye başladım. Nereye yürüdüğümü düşünmem gerekmiyordu, ayaklarımın beni götürdüğü yer, doğru yer olacaktı.

Oradan oraya koşuşturanların arasında hareketsiz durmuş gülümseyerek beni izleyen Haluk Hoca'yı gördüm. Yanına yaklaştım.

"Hoş geldin," dedi.

"Hoş bulduk," dedim.

"Sana söylemiştim, bırakırsan içine düşeceksin diye."

"Zaten biliyordum öyle olduğunu."

"Şimdi ne yapacaksın peki?"

"Anneme gitmem lazım ama kim olduğunu hatırlayamıyorum."

"Hiç sorun değil. Şimdiye kadar fark ettiğini sanıyordum; günün birinde öleceğin düşüncesini aklından tamamen silebilirsen, mesafelerin ve sürelerin bir önemi kalmıyor ve istediğin yere anında varabiliyorsun. Böyle bir gerçek varken, ışınlanmayı icat etmeye ne gerek var?"

"Evet, hiç böyle düşünmemiştim."

Bana elini uzattı, tuttum. Gözlerimizi kapadık. Ne kadar zaman geçti bilmiyorum, belki birkaç saniye, belki birkaç yıl. Gözlerimizi açtığımızda biz aynı yerdeydik ama ayağımızın altında Taksim Meydanı vardı artık. Hava sıcaktı. Mevsim yazdı ve bundan sonra hep yaz olacaktı. Meydan; insanlar, kediler, köpekler, kargalar, güvercinler, fareler, karıncalar ve bakterilerle dolup taşıyordu. Güneş kendine canlı diyen her varlığın ruhunu okşuyordu. Bir rastgelelik festivali, bir kayganlık bayramı yaşanıyordu.

Arkamdan birinin "Murat Siyavuş" diye seslendiğini duydum. Bu sesi tanıyordum.

"Vay, Behzat Abi, nasılsın?"

"Muhakeme muallakta, mamafih mevcudiyet muazzam."

"Bunu duyduğuma çok sevindim."

"Biteviye bir sükûnet ve ataletten huruç ettik çok şükür. Ruhumuz ebedi hürriyete vasıl oldu, imdi rahatülervahtan girer, ferahfezadan çıkar, gönlümüzce raks ederiz evelallah. Lakin, o esnada müdafaa-i kaideye azami ihtimam göstermek icap eder. Aksi halde, maazallah, erbab-ı livatanın maskarası oluruz."

"Ne güzel söyledin, Behzat Abi."

"Haydi eyvallah," dedi, dönüp gitti, kalabalığın içinde kayboldu.

Hava sıcaktı ve şehir yanıyordu. Maddenin katı halinin tarihe karışmasına ramak kalmıştı. Artık yürümeye ihtiyaç yoktu, her yere düşerek gidilebiliyordu. Sonunda yere çarpmak zorunda olmadan sınırsızca düşebilmek muhteşem bir duyguydu.

Bundan sonra ne olacağını biliyorum. Bu şehir, tüm demirleri, bakırları ve kalayları eriyip toprağa karışana kadar yanacak. Toprağa borcumuz böylece ödenecek, karşılığında annemizi geri alacağız. Ve babamızı... Bütün dik açılarımızı güneşe kurban edeceğiz, gökyüzünü acıtan hiçbir köşemiz kalmayacak. Tüm tavanlar maviye gömülecek. Başımızın üstünde bir basamağımız, "ve"den uzun bir bağlacımız kalmayacak. Her şey düşecek düşebildiği kadar, düşmekten başka bir hareket kalmayacak.

Hava sıcaktı ve hep sıcak olacaktı. Güneş tarihimizle dalga geçiyordu, ağaçlar coğrafyamıza tepeden bakıyordu, karıncalar felsefemize kıçlarıyla gülüyordu. Ayakta durmakta ısrar etmenin anlamı yoktu artık.

Ve Şule'yi gördüm.

Saçları her zamankinden de kıvırcıktı ve yere kadar uzanıyordu. Birer sarkaç gibi havada süzülerek vardık birbirimize. Hiçbir şey söylemedik, bir şey söylemeye gerek yoktu. Sarıldık, kollarımız, saçlarımız ve tüm sıcaklığımızla. İşte o an, sonsuza kadar birlikte olacağımızı anladım. Sonsuzluk bir şaka olmaktan çıkmıştı çünkü.